千若 著

新世界出版社
NEW WORLD PRESS

图书在版编目(CIP)数据

预定！见习爱神 / 千若著. —北京:新世界出版社,2011. 10
ISBN 978-7-5104-2236-2

Ⅰ. ①预… Ⅱ. ①千… Ⅲ. ①长篇小说 - 中国 - 当代
Ⅳ. ①I247. 5

中国版本图书馆 CIP 数据核字(2011)第200559 号

预定！见习爱神

作　　者：千　若
责任编辑：冀　晖
责任印制：李一鸣　黄厚清
出版发行：新世界出版社
社　　址：北京市西城区百万庄大街 24 号(100037)
发行部:(010)6899 5968　(010)6899 8733(传真)
总编室:(010)6899 5424　(010)6832 6679(传真)
http://www.nwp.cn
http://www.newworld-press.com
版权部:+8610 6899 6306
版权部电子信箱:frank@nwp.com.cn
印　　刷：三河市金元印装有限公司
经　　销：新华书店
开　　本：660×960　1/16
字　　数：205 千字　印张：14
版　　次：2011 年 11 月第 1 版　2011 年 11 月第 1 次印刷
书　　号：ISBN 978-7-5104-2236-2
定　　价：25.00 元

目录
CONTENTS

目录 CONTENTS

楔子

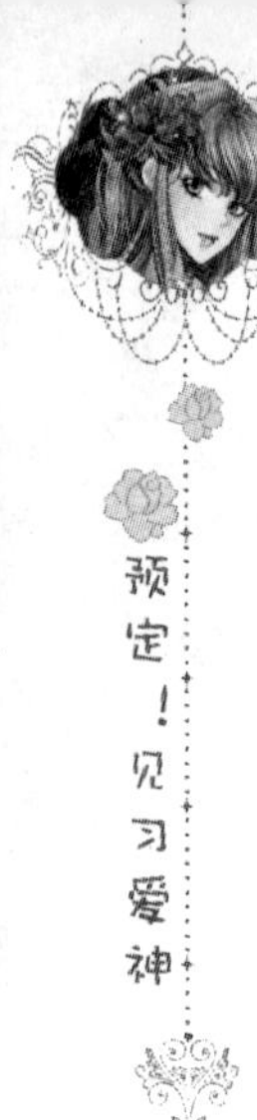

有些人，一生都在追求力量；有些人，却一生都在躲避力量。

他天生拥有一种谁都羡慕的能力，这种能力没有名字，但是无论学习什么，他都会快人一步，并青出于蓝而胜于蓝。在那段备受家人宠爱的日子里，大家都认为他是怪兽，他却坚定地相信自己不是怪兽。

他的能力没有人能够复制。于是，杀手组织暗连城入侵了他的家，把他据为己有，并将他训练成一个巅峰的杀人狂。

组织成功了，他是天下无敌的魔鬼，可是组织也没得到什么好结果，他几乎杀了整个组织的成员，开出一条血路，然后走上回家的道路。

事隔十年，人去楼空，面目全非，他改了一个新的名字，踏上流浪的生涯，暗度余生。

Chapter 01
枯木成霜

1.

当世间万物都没有利用价值时，活着是为了追求什么？

初夏，淡紫色的霞光掩盖大地，明明暖和的天气却冷风呼啸。高挑的少年站在山尖上，他看起来明明很年轻，眉宇间却锁着宛如经历了世事的沉重。他的头发散乱，可却散发出冷冽颓废的美感；清秀的眉毛下，一双眼睛妖艳如狐，幽黑的瞳孔仿佛散发着淡淡的红光，就像戴上了一对红色的美瞳，多看一眼，就会被勾走魂魄；他的皮肤很白，仿佛吸血鬼一般，但却像鸡蛋一样有弹性；在这张尖而瘦的脸颊上，鼻梁显得格外笔直，高挺的鼻子看不见鼻孔，宛如一个危险的雕塑，虽然感受不到他的呼吸，但仿佛随时会夺走你的性命；霜气横秋的上唇薄得像一张纸，却浮现出一种勾引对方的曲线美，稍丰满的下唇只有一点淡淡的颜色，似是樱桃般的粉红，又似是血色的沉淀，诱惑之下呈现出一种肃杀的危机。

山巅上布满了尸骸，白骨露野，他没有数过自己杀了多少人，但站在胜利的巅峰，他突然之间感到前路茫茫，不知道还要杀谁，不知道还要去哪里。

天色渐暗，夜烽讽刺一笑，欲转身离开的瞬间，却发现身体动弹不得！

夜烽迟疑地感觉到背后有一股寒气，这是一种邪气，虽然不是很强，却很特别，是夜烽杀过的生物中从来没有过的。

“你是什么人？”夜烽微微翕动冷冽的薄唇。

“你杀了我的猎物，那家伙很讨厌，在望城里得罪过我，我早就想杀他了。”背后传来尖锐的女声，听起来很年轻，应该是个活泼的少女。

“哼，”夜烽冷笑一声，没有拐弯抹角，直言道，“那你现在想要怎样？杀了我来代替他？”

“我现在控制了你的影子，我劝你还是不要这么嚣张的好。”

“想杀就杀吧，我不介意。”夜烽再次冷笑，声音却变得有点兴奋了，“但我还是第一次遇到这样的招数，控制别人的影子？真有趣。”

“仰慕我吧？”少女也兴奋起来了，跟夜烽那种血腥的兴奋不一样，她的声音很单纯。

“我想学你这门功夫，教我吧。”夜烽的语气直接是命令式。

少女放开束缚，叉着腰凝视着夜烽。少年缓缓转身，四目交接之际，少女不禁被这张妖艳却霸气十足的脸颊震撼了。

冷静的夜烽也在打量眼前的这个丫头，她看起来真的像一个丫头，染了一头褐色的中长发，有点蓬松的梨花头使脸颊显得更小；一双精致的秋水眼精灵可人，好像随时会哗然大哭似的；精致娇小的鼻子跟她的脸形搭配得很完美，虽然不是倾国倾城的美，可是足够让人怜惜；两片樱桃般亮丽的嘴唇细小又红润，就像熟透的果实，让人真想一口咬下去。

夜烽抱着双手，高傲地俯视比自己矮二十多厘米的少女，再次命令道：“喂，丫头，教我。”

少女扁了扁双唇，气鼓鼓地反驳道：“哪有人用这种态度拜师？要我教你也行，先拜个师吧！还有，我叫小烟，不是丫头。”

“小烟师傅，教我吧。最后一次了，我的耐性不是很好。”

小烟一听，张开了嘴巴，瞪大了眼睛，却无法把愤怒发泄出来。谁叫眼前的脸颊俊美绝伦，为了帅哥，她就勉为其难地牺牲

一次吧。

的确是小烟这个丫头，让夜烽重新有了目标。

小烟不是人间的生物，夜烽只能肯定这一点，她的身上有很多奇怪的元素，虽然夜烽学会了以捕捉影子控制对方身体行动的定身咒，不过小烟好像还有很多秘密绝活呢。

夜烽知道小烟是离家出走的，却从来没有问过她原因，只是默默地让她跟随自己一起流浪。

四月的天空，暑气蒸人。正午，太阳直射大地，小烟穿着背心短裤躺在床上，一边吹着风扇，一边大口大口地呼吸。

“啊……这天气怎么这么热啊？”小烟捏着衣服，有意无意展露着若隐若现的身材。

夜烽站在旁边瞄了这个动作大大咧咧的少女一眼，竟然道出鄙视的话语：“丫头，你这身材就算了吧！”

小烟一听，尴尬得面红耳赤，她抿了抿唇，勉强反驳道：“你——你这是什么意思？你以为我是故意的吗？”

夜烽勾唇一笑，索性转过身去，懒得跟她争论。外面很热，看来这里不适宜长待，夜烽犹豫了一下，迈步走向大门。

木门一开，一股无形的寒气突然从缝隙里溜进来，宛若一只看不见的鬼魂。

夜烽退后了两步，仔细看清楚这股气息，冷空气迅速化成一封信，坠落在小烟面前。

小烟看见这种传递方法，脸颊上迅速浮现出了惊骇的神色，好像被追杀自己的人发现了踪迹一样。

“是谁给你的？”夜烽走上前，只见小烟不敢拿起信件，夜烽便替她阅读了，“‘我的父亲玄邪被捉走了，我从父亲手里只找到您的灵气联系，请您看到信件后回复我好吗？伊雪熙上。’玄邪是谁？”

小烟白了夜烽一眼，转过身去，冷冷道：“你少管闲事，我不喜欢玄邪，更不喜欢伊雪熙，所以我不会帮他们！”

“我有说过要管闲事吗？但这个人好像不简单耶，居然用灵气联系到你，看来你们之间关系很密切呢！”夜烽弯腰贴近小烟，无形的诱惑渐渐贴近，令人浑身像被电流划过一样，筋骨酥麻。

小烟捂着耳朵，却不禁心软地喝道：“烦死了，那是因为玄邪将他的女儿许配给我哥哥了，所以她才有我的灵气联系！玄邪以前干了那么多坏事，他被捉也很正常，我才不要帮他，而且那个伊雪熙我也看不顺眼！”

“干坏事？干什么坏事？”

“玄邪以前是人间有名的毒药师，害过不少人，现在终于轮到他自己被害了，活该！”小烟越说越气愤，好像真的很讨厌这个玄邪，但是夜烽反而对他产生了兴趣。杀人已经是一件很令人厌倦的事情了，小烟的奇门怪招也不过是小把戏而已，不能上大场面，倒是这毒药师好像蛮有意思的。

当夜烽勾起期待得带点诡异的微笑时，看不见他表情的小烟却不禁呼出轻若无声的气息：“喂，夜烽……当你赢了我之后……就不要叫师傅了吧……好不好？”

见没有回答，小烟尴尬地抿了抿唇，忍不住继续冲动地喃喃道：“叫我小烟，然后当我的男人吧！”

命令的告白响起，小烟一点都没有感到羞耻，反而觉得这是一个天赐的机会，可惜那个不识抬举的夜烽居然没有一点反应，小烟气得愤然转身，欲向夜烽怒吼时，却发现他已经在房间里消失了。

2.

夜烽在信里面找到了暗藏的地址，也找到了这间坐落在城市

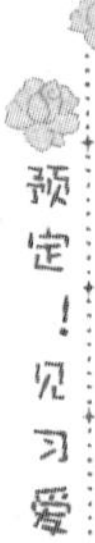

里却十分奇特的屋子。从外形看，这里像一个抽象画家的屋子，跟方方正正的古堡没什么区别，只是屋子倒转了，屋顶插在地里，看起来就像倒塌了一样，实际却十分稳固。更奇怪的是，它的前门跟其他别墅不一样，它建立在别人的后花园位置。夜烽走到屋子“后面”，发现了一扇非常庞大的门，它看起来就像一个虎口，当夜烽的手轻轻放在感应门铃上时，门就像血盆大口一样打开了，宛如要把猎物一口吃掉一样。

血腥味道蔓延到夜烽的神经，他勾起了一道宛如吸血鬼般阴森的笑容。

这屋子不只是外表奇怪，里面还有很多层结界，结界形成一个迷宫，要不是夜烽灵力深厚得能够清晰看见这些结界，恐怕会被这些带有电力的结界给弄伤。

夜烽不禁冷笑了一下，心里泛起疑惑：哪有用这种方式招待客人的？看来这个伊雪熙还挺有趣。

迷宫看起来很深奥，周围种满了奇怪的植物，植物爬满墙壁，让人看不清屋子里的状况。

夜烽观察了一下这个迷宫，发现这些植物都在微微地挪动，它们的藤好像都长着眼睛，无时无刻不在监视着这个客人。夜烽对这些植物很不爽，双手合掌，然后往外一拉，一把散发着血色光芒的灵剑随即浮现在半空，夜烽握住剑柄，猝然划过半圈，植物就像秋风扫落叶般一一掉落在地上。

夜烽以为杀掉这些碍事的植物就可以进入屋子深处，谁知植物竟然疯狂地发飚了，好几条断裂却带刺的藤猛地向夜烽扑过来，倏忽之间包围了他高挑的身躯。夜烽挥剑利落地扫下卷席而来的植物，在敌人星落云散的瞬间，夜烽的脖子也被划破了一道伤痕。

藤植物被毁灭了，瞬间枯掉，其他古怪的植物也发狂了，宛

如狂风暴雨般，纷纷向夜烽汹涌扑来。

“这家主人真是不爱惜自己的宠物啊！”夜烽讽刺一哼，准备迎接这些敌人的来袭，拥有生命的妖怪植物却突然停下了攻击，一一缩回到原来的地方。

夜烽的嘴角勾起一个更诡异的弧度，血腥的气息渐渐回收到内心深处，兴奋的目光落在那个从屋内深处走出来的黑影上。

黯淡的灯光亮了起来，修长的身躯宛似一个末代公主，挺着高傲目无余子的姿态优雅地来到灯火阑珊处。

一头长长的黑发披在曼妙的身材上，三七分界的刘海拨到脸颊旁，露出光洁无瑕的额头；清秀的柳叶眉与标致的五官十分相称；一双销魂眼冷漠如霜却明媚逼人，竟然把麻木的灵魂也吞噬了，让人的视线无法游离；一尘不染的琼鼻笔直精致，细腻的轮廓宛若一个名画家花了一辈子时间画出来的精品，栩栩如生，却散发着为了保护自己而变得严厉的气息；粉嫩的双唇似樱桃小嘴，又似性感丰满的桃唇，因为那两片不薄不厚的嘴唇勾画出一个完美的线条，鲜嫩的色彩染在桃唇上，散发着一种比水果更迷人的诱惑。夜烽分不清她是属于现代美还是古典美，但那种销魂真是值得任何人回头多看一眼。

夜烽不禁将目光停留在这个绝色少女身上，可是脖子上的伤口像腐烂了一样，剧痛突然蔓延到体内的每一根神经里。夜烽不禁捂住脖子，眉头紧皱起来。

“很痛吧？我的宠物可不是好惹的。”伊雪熙踏着高贵的脚步，缓慢地走到夜烽面前，微微抬头仰望这个比一米七的自己还要高十几厘米的少年。

夜烽勾起不忿又高傲的笑容，用讽刺的目光凝视着伊雪熙：“你就这样招待来帮忙的客人吗？”

“是客人还是敌人，我有权利分辨一下吧？”伊雪熙的声音依

旧冷漠，可是那双凝视着夜烽脖子上伤口的瞳孔，竟然浮现了一丝担忧的波光。

“那些植物有毒吧？”夜烽见状，便讽刺地猜测，“我会死吗？”

伊雪熙微微一愣，刻意保持冷淡，随即默默地从口袋里掏出一棵暗紫色的植物。然后，伊雪熙把这棵像毒药一样的植物放进嘴巴里。

看着那销魂又惹人怜爱的嘴巴在细心地为自己嚼碎解药，莫名的温暖突然霸占了夜烽的心脏，一种前所未有的冲动汹涌袭来，夜烽不禁捧起了伊雪熙的脸颊，有一种想把她吞掉的冲动！

少女愕然地望向夜烽，一尘不染的俏脸浮现了两片嫣红，无形的诱惑令紧紧牵连夜烽的丝线一下子绷紧了，夜烽突然低头，猛地亲吻住了那个惊讶的嘴巴，炽热的薄唇一点点地把伊雪熙嘴巴里的解药“抢”了过来。

还没反应过来的伊雪熙只能瞪大了眼睛，呆呆地凝视着近在睫毛前的俊脸，任由那股炽热的电流迅速滑入体内，把理智一点点吞没的同时，浑身神经也被麻痹了。

伊雪熙从来没有遇到过这种情况，当愤怒迟疑地浮现起来时，夜烽识趣地抬起头，将缠人的薄唇轻轻抽离了宛似有黏力的桃唇。

夜烽的脸颊就停留在与伊雪熙只有四厘米左右的近距前，轻轻眯着那妖艳却令人沉醉的眼睛，诡异一笑：“这药还真苦耶，幸好我帮你吃掉了。”

放肆的话让伊雪熙猛地回神，她一手推开夜烽，气鼓鼓地退后了两步，快速发动全屋植物围攻这个妄自尊大的少年，她要他明白轻视自己的后果有多严重！

夜烽睨视了所有生物一眼，目光落在伊雪熙背后的影子上。

突然，夜烽在空气中闪烁了一下，犹如瞬间转移一般消失在伊雪熙面前！

伊雪熙感到背部突然传来一阵寒凉，欲转身对付这个狂妄之徒，却突然发现身体已经动弹不得！

“伊雪熙小姐，如果不想再牺牲你的宠物，就温柔一点吧。”夜烽踩着伊雪熙的影子走到她的身后，邪魅的声音呼进对方耳根，顿时让人全身神经酥麻起来，连颤抖的力气也使用不了。

伊雪熙无法握紧拳头，只能利用唯一能发泄的喉咙喝出愤怒的声音：“就算牺牲所有植物，我都要杀了你！”

“我忘了告诉你，我已经百毒缠身了，而且这奇怪的身体自动产生了抵抗力，再毒的东西我也不怕，所以它们杀不了我的。”

伊雪熙急了起来：“浑蛋，你到底想怎么样？”

夜烽傲然一笑，大手更是放肆地从背后环绕住了伊雪熙的纤腰，薄唇轻轻降落在她的耳根上，却又没有完全贴上去，只是带着若有若无的距离，再次呼出令人焦急得发狂的气息：“我不想怎么样，只是想告诉你……我是你的未、婚、夫！”

话音一落，夜烽解开了定身咒的束缚，伊雪熙感受到自由的瞬间立刻拉开夜烽的双手，愤然转身，下意识扬手挥向夜烽的俊脸。

夜烽一把捉住那只激动的纤手，嘴角露出犹似夜魔的笑容：“你想清楚再动手哦，随便打自己的未婚夫，后果可是无法想象的严重呢！”

“你说谎的伎俩也太烂了吧？我从来都没听说过我有什么未婚夫！你是假冒的！”伊雪熙愤然反驳一句，纤手用力一收，可是却再也不敢挥向那张神秘得令人迷惑的俊脸了。

“未婚夫可以假冒，但亲密的灵气联系不可以假冒了吧？”夜烽举起伊雪熙做的灵气信件分析道，“如果我没猜错的话，这封

信你只寄给了我一个人，为什么你父亲只留下我的联系方式？如果不是因为我跟你们有很密切的关系，那还会是因为什么呢？”

伊雪熙微微一愣，心虚的神色不禁暴露在脸上。虽然她没有听过什么未婚夫，但她记得父亲曾经跟她说过，父亲做了一件很对不起她的事，万一以后遇到什么麻烦，她不喜欢的话只管逃就是了。那是父亲一次出远门回来后说的话，当时父亲的心情很沉重，伊雪熙还担心了很久，可是父亲一直都不肯说是因为什么。现在回想起来，应该跟夜烽所说的话有关联，难道父亲所说的对不起自己的事情，就是私下将自己许配给这个唯我独尊的少年？

“想通了吧？不要怀疑这么多了，难道你不想救你的父亲吗？”夜烽的左手轻轻捧起伊雪熙的脸颊，猝不及防的目光再次落在那双妖艳的瞳孔上，让伊雪熙突然感到一种被催眠了的软弱，一时之间脑海只能维持空白，挤不出一个可以反驳的理由来。

3.

伊雪熙狠狠瞪着夜烽，瞪了很久，但夜烽的嘴角一直挂着毫不在乎的微笑，高傲得令人越来越不忿。

夜烽身上没有任何行李，很明显也没有去处。他要住在这里，伊雪熙心中浮现出这个可怕的预言。

沉寂良久，伊雪熙终于压抑不住心里的不安，咬牙切齿地向夜烽警告道：“我这辈子只会跟我父亲同住，你别妄想搬进来啊！”

夜烽的嘴角终于有了微微的变动，却露出了鄙夷不屑的表情：“搬不搬进来不是你能决定的。”他站起身，四处张望了一下，“洗手间在哪里？我想洗澡，顺便帮我准备一套衣服吧。”

“夜烽！”伊雪熙忿然作色，气鼓鼓地站了起来，“我说得很

清楚，我不会跟你同住！”

夜烽完全没有理会伊雪熙愤怒的脸，突然换了一个敏感话题，问道：“为什么玄邪会被捉？”

伊雪熙微微一愣，这个问题刺激了她敏感的神经，所以她才不得不回答：“你有听过黑夜流沙吗？”

夜烽皱起了眉头，这些年他虽然杀人无数，认识的东西也很多，可是也没听说过什么黑夜流沙。

看见夜烽的表情，聪明伶俐的伊雪熙随即解释：“那是一个奇怪的异次元空间，它就像一只会活动的妖怪，走到哪里，哪里就会失去光明，现在它正跻身魔界。我只知道父亲在研究黑夜流沙的时候突然失踪了，不知道是不是跟黑夜流沙有关。”

“只有这一点线索吗？”夜烽好像首次遇到了难题。

伊雪熙的眼神也变得忧郁起来，伤感的目光缓缓落在左边的长廊上。

犹豫了半晌，伊雪熙仿佛好不容易才摆脱纠结，重新迈出优雅的脚步，说道：“跟我来吧。”

伊雪熙推开一扇田园式的木门，里面是一间庞大的寝室，粉红色的床铺，少女们最喜欢的田园浪漫家具，一切摆设都像一个没有成熟的公主所居住的，跟伊雪熙这个冷漠的外表完全不靠边，却令人泛起了怪异的兴奋。夜烽望向伊雪熙，刻意说出挑逗性的话语：“看来你还是有一颗纯真的心。”

“那是因为我的钱太多了，所以才把房间装潢一下。”伊雪熙极力建立冷漠的形象，手指向一棵奇怪的小盆栽。严格来说，它不是植物，它就像一个灵魂，沉淀在清澈无瑕的水里的灵魂，半透明的魂魄却生长成植物的形状，慢慢爬出了玻璃杯。

“我从这里可以看见父亲的生命值，他还没死，因为它的树根与父亲的灵魂相连，只要树根还在茁壮成长，就证明他现在身

体很好。”伊雪熙失落地抚摸着玻璃杯，压抑已久的忧伤不禁渐渐绽露，“其实父亲已经失踪一年多了，他以前经常会离家，但这一次他什么也没说，而且走了很长时间，我曾经发过很多消息让大家来帮忙，但没有人回应，迫不得已我才到父亲的房间里挖出这个灵气联系，因为我知道父亲越是要把它藏起来，那就越证明他不想碰这东西。”

“我是秘密武器吧？”夜烽说穿了伊雪熙不想承认的事实。

伊雪熙不忿地瞪了夜烽一眼，却不得不坦言：“或许是吧，但只凭你一个人的力量也救不了父亲。我之所以这么肯定父亲在黑夜流沙里面，是因为我也给父亲占卜过，占卜结果证明他在一个没有光明的地方，要救他需要集合拥有力量的人，我是拥有‘控制’力量的人，但还要找一个拥有‘力量’的人，一个‘开路’的人，一个‘送信’的人，结合四人的力量，才可以打开父亲在黑夜流沙的封印。”

“我一个人就可以了。”

伊雪熙愕然抬头，却又迅速浮现出不满的神色：“这不是自以为是的时候，如果一个人的力量就可以，我才不会去求任何人！”

“你不行，但不代表我不行，你知道我是什么人吗？”夜烽卖了个关子，露出诡异的微笑，“我是你的未婚夫，你要相信我。”

伊雪熙无奈地呼了一口气，走到门前准备把夜烽推出去：“等你找到另外三种力量再给我嚣张吧！”

夜烽的脚步紧紧粘在原地，傲睨比自己矮几乎二十厘米的少女，道出唯我独尊的话语：“我今晚就睡在这里吧！”

伊雪熙大惊失色，愤然抬头：“什么？难道你没听懂我刚才的话吗？”

“你希望我就这样睡，还是给我准备一套新衣服？”夜烽讽刺

一笑，一边解开衣服扣子，一边狂妄地喃喃道，“其实我也不介意脱掉衣服睡觉，反正天气这么热。”

“夜烽！”伊雪熙忍不住怒吼一声，表情却极其尴尬。

“睡这里还是睡客房？让我洗澡还是让我脱？你选。”夜烽的声音很低，透露出无形的压力，就像最后的命令一样，令人没有反抗的勇气。

伊雪熙脸红红地把夜烽推了出去，把门关上后，她低头懦弱地说道：“你等我一下，我现在就去买衣服，行了吧？”

夜烽坏坏地看着这个气鼓鼓的背影离去，嘴角却染上了一道久违的快乐。

4.

世明高校坐落在市中心，距离伊雪熙的屋子只有十分钟的步行路程。伊雪熙很有钱，可以算是这所平凡高校里唯一的富二代，可是在这个对钱十分敏感的世界里，伊雪熙的钱好像不太管用。夜烽强行加入了伊雪熙的学校，像明星般完美的少年吸引了无数少女的目光，无论走到哪里，都有人在窃窃私语地讨论着这个插班生，只是没有人敢接近他们半步。虽然老师他们还可以，但这并不是伊雪熙真正的心意。

平日习惯待在原地的伊雪熙，今天却走出了教室，仿佛在逃避着什么。夜烽看着那个匆匆离去的背影，嘴角不禁弯起兴奋的微笑。

看着伊雪熙离开，班里蓄势待发的女生立刻围到夜烽面前，纷纷向他抛出一直没机会问出口的问题。

夜烽对这些问题完全不感兴趣，只觉得耳朵很吵，当少年烦躁得欲发脾气之际，一个敏感的问题吸引了夜烽的注意：“夜烽同学，你该不会是伊雪熙的朋友吧？那家伙好像一直都没有朋友

的哦！”

“有，她有那个凉以凡啊！”这个问题随即又挑起了大家的神经，兴奋的话题迅速延续下去。

“切，那是因为他们俩都没有朋友啊！凉以凡的眼睛那么恐怖，伊雪熙的性格那么令人讨厌，根本没有人愿意跟他们做朋友，他们能不走在一起吗？”

“伊雪熙的性格很令人讨厌吗？”夜烽半躺在凳子上，懒懒地问道。

“是啊，你认识她很久了吗？”一个少女小心翼翼地探问。

“不久，昨天才认识的。”

少女拍了拍胸口，呼了一口气，再道：“那就好了，夜烽同学，我告诉你，伊雪熙是我们学校统一讨厌的对象，我们学校还专门建立了一个社团对抗她呢！她老是以为自己很漂亮很有钱，一到学校就拒绝了很多男同学的追求。”

“拒绝追求还不算什么，主要是她说话好狠毒，还说我们校草是垃圾，听了就让人很不爽！”另一个女同学附和道。

“嗯！嗯！还有，她老是讨好老师，遇到什么不爽的事情就用钱，口头禅就是什么‘这世界哪有钱解决不了的事情？你们不要跟我装清高了’，我最讨厌就是她说这句话了，老是用钱来衡量别人的人格，以为有钱了不起啊？”

“对啊，而且她根本不会把我们当人看，就算再有钱也没有人愿意攀附她！”

夜烽微微皱起眉头，似笑非笑，一改暴躁的性格，包容了这些吵闹的声音。

三个下课小息时间，伊雪熙都在逃避夜烽。到了放学时间，伊雪熙知道自己不能再逃了，可是又不想别人看见他们俩经常走在一起，于是伊雪熙就坐在教室里，让大家因为讨厌自己而走开

之后，才带夜烽走出教室。

伊雪熙习惯出门就换上一双优雅的高跟鞋，好像刻意暴露她高人一等的形象。

来到熟悉的大众鞋柜面前，伊雪熙冷冷地打开柜子，鞋子被粗鲁地一拉，一封粉红色的信件随即从柜子里掉了下来。

伊雪熙看也没看信件一眼，便将鞋子放在信件上面更换了。

"那是谁的信？"夜烽冷冷俯视那封可怜的信件。

"不知道，每天都有一封这样的信，烦死了。"

"情书？"夜烽坏坏地笑问道。

伊雪熙懒得跟他争论，冷傲地走出玄关。

走出几步，一个格外耀眼的少年迎面走过来，那道奇怪的红光让夜烽不得不把注意力放在他身上。

可能是为了掩饰那双血红色的瞳孔，少年的头发也染成了红色，散乱却赋有时尚美感的刘海遮掩了粗粗的眉毛和眼睛，但是那双妖艳的瞳孔则无法掩饰，那里藏着血红色的波光，令人望而生畏。除此之外，这个少年的五官还是拥有一种绝代风华的美艳，高高的鼻梁将瘦长的脸颊勾勒出精致却娇美的姿态，淡红的肌肤透露了青涩的气息，就如那两片苍白却富有唯美线条的嘴唇。这个少年身高只有一米七二左右，这使他显得更像一个芭比娃娃，连男都愿多看他一眼。

这双血红色的眼睛让夜烽想起了今天那群女生的八卦，她们所指的"恐怖的眼睛"应该就是他了，那么他就是唯一能靠近伊雪熙的那个凉以凡？

夜烽偷望了伊雪熙一眼，果然，那张冷漠如霜的俏脸竟然向红眼少年弯起了亲切的微笑，虽然只是跟她相处了一天，但夜烽敢肯定她绝对不是习惯微笑的人！

看起来有点懦弱的凉以凡望了夜烽一眼，当发现夜烽那尖锐

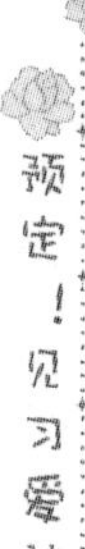

得想杀人的眼神时，他立刻回避了，到嘴边的话也同时收了回去。

见状，伊雪熙这才想起夜烽的存在，她尴尬地抿了抿唇，用温柔地对凉以凡说：“以凡，我先去吃饭了哦。”

凉以凡尴尬一笑，向伊雪熙礼貌地点了点头：“好的，一会儿见。”

伊雪熙微微颤抖了一下，不知道是不是夜烽多心，他总觉得那白皙的脸颊好像泛起了迷人的嫣红。

夜烽捉住伊雪熙的手臂，不忿地拖着她离开凉以凡的视线。

离开了凉以凡的视线后，伊雪熙粗鲁地甩开了夜烽的手臂，气鼓鼓地瞪着他：“夜烽，我警告你，以后在学校不要再做这种动作，不然我杀了你！”

夜烽咬了咬下唇，微微切齿却又讽刺地说：“刚才那个是什么人？为什么拥有一双红眼都可以上学？他应该不是人类吧？”

“他是人类，你看起来也像怪物啊，但你也可以在这里上学，不是更奇怪吗？”

夜烽讽刺一笑，莫名的愤怒让他大步走开了。

伊雪熙巴不得夜烽一去不返，所以她更没有追上去的意思。

早上阴雨连绵，走到学校大堂外，伊雪熙发现天空还在下着微微细雨，可是她宁愿淋雨也不愿留在学校里，于是唯有踩着明明不习惯穿的高跟鞋，走在又湿又滑的路面上。

在这下雨的天气里，夜烽也没有了影子，伊雪熙走出大堂已经看不见他了，倒是一群令人厌烦的人出现在了她的眼前。

表面称为新闻部，实质上却是“伊雪熙反抗组织”的社团社长莫智萱和几个团员撑着雨伞站在大堂外，一边抱着手，一边用鄙夷不屑的目光盯着伊雪熙。

伊雪熙懒得看她们一眼，高傲直走。

突然，社长伸出右脚，把从面前走过的伊雪熙绊了个正着！

猝不及防的攻击让伊雪熙的身体猛地向前倾，高达十厘米的高跟鞋不争气地往左一扭，顿时痛得她无法站稳，眼看就要跌倒在肮脏的污水里，伊雪熙只能下意识闭紧眼睛迎接出丑！

突然，一双有力的大手撑住伊雪熙的背部，身穿白色衬衣的少年像风一样闪到伊雪熙面前，一把扶住快要倒下的她，再利落地把扭伤了脚的少女抱了起来。

大家纷纷震惊地望向这个突然出现的少年，他的目光落在怀里的伊雪熙身上，严肃地问道："有没有事？"

伊雪熙抿了抿唇，虽然很不想被这个人抱着，但脚踝实在很痛，尤其是穿着高跟鞋的情况下根本站不起来，而且她更讨厌在这群三八面前一拐一拐地走路，于是只能把脸别向夜烽的怀里，什么也不说。

夜烽用冷冽得像肃杀一样可怖的眼神扫了那几个人一眼，便抱着伊雪熙愤怒地离开了。

几人同时哆嗦了一下，谁也不敢说什么。

惊魂未定地走出学校，伊雪熙便拦截了一辆出租车。

学校离家的路途很短，伊雪熙不喜欢在外人面前说话，所以她把愤怒压抑着，回到家才向夜烽爆发出来："夜烽，我警告你，下次在学校不要对我毛手毛脚的，就算我跌倒也不用你扶，我不想第二天听到什么闲言碎语！真是的，新闻部一定不会错过一丁点儿的机会，明天我又得上头条了！"

"你不是不在意那些人的看法吗？那现在为什么忽然紧张起来了？难道是因为我？"夜烽弯腰贴近坐在沙发上的伊雪熙。

少女气鼓鼓地皱起了眉心，拳头却举不起来，只能怒喝道："夜烽你给我规矩一点！"

"我哪里不规矩了？"夜烽突然掐住伊雪熙的脸颊，拇指却温

柔地抚摸着伊雪熙的下唇，霸道又诱人的动作，令人明明生气却又无能为力。

“难道你希望第一天见面的事情重演一次？”夜烽的声音就像一只唯美绝伦的魔鬼，让人有点不知所措。

“夜烽！”伊雪熙狠狠甩开夜烽的大手，再次怒喝。

夜烽漾开一个兴奋的微笑，阴森却带着勾魂的魅力：“不要随便挑逗我，想安全就给我乖乖待着。”

“我哪里有挑逗你了？明明是你自己发动战争的好不好？”夜烽轻轻眯起眼睛，用那双好像要看穿别人的眼睛打量着伊雪熙此刻颤抖的神情，“眼睛……呼吸……心跳……和嘴巴都在挑逗我。”

伊雪熙急得脸颊泛起了两片醉人的嫣红，又不知道该如何反驳。

“还有这脸颊……”夜烽轻轻摸了摸伊雪熙发烫的脸颊，“你脸红的时候最具挑逗力了，想好好待着的话，自己就得小心点。”

看着这个诡异如魔的少年转身离去，那股缠绕在心头的可怖气息却没有消散，伊雪熙无助地捂着依旧滚烫的脸颊，只能不知所措地生自己的闷气。

Chapter 02
魔鬼条约

1.

夜烽的出手相救 以及那个警告的眼神，的确引起了很大争议。有人传开说夜烽是伊雪熙的男朋友，目的就是证明她的尊贵地位。想也不用想，这是新闻部发出来的谣言。高中生不可以谈恋爱是每一个中学的校规，伊雪熙知道莫智萱一定是想以这个名义诬蔑她，然后害她被学校记过。

事情闹得很大，训导主任不得不把伊雪熙喊进主任室教训一顿。

知道外面有很多人在等待结果，主任关上大门之后，不得不形式般地向伊雪熙大喝："伊雪熙，难道你连校规都不知道吗？高中生不可以谈恋爱这是每个学生都知道的事情啊，你怎么可以这么大大咧咧地跟夜烽同学……唉，真是！"

伊雪熙抱着双手，居高临下地盯着坐在椅子上的训导主任不哼一声，场内的状况跟场外大家所听到的完全不同。

"伊雪熙，我现在就先警告你一次，你赶快搞清楚自己的状况！"主任继续提高声调，伊雪熙知道她是说给外面那群人听的。

看见主任这么识趣，伊雪熙也给她一个回应，轻若无声地喃喃道："这件事你帮我解决掉，我不希望以后再有人传播这种谣言了。"

"回去上课吧。"主任喝了一句，把伊雪熙"放走"了。

推开主任的大门，果然有许多好事女生在围观，伊雪熙没心情去多看她们一眼，但一双妖艳的瞳孔却立即吸引了少女的

注意。

四目交接，二人竟然都有点尴尬。

教导主任也担心大家会令伊雪熙难堪，随着她走到门外，替她赶走这些麻烦的学生："你们怎么还待在这里？快去上课！"

训导主任的命令一下，大家也不敢违抗，纷纷跑向自己的教室。

只见凉以凡默默离开，好像刻意放慢了脚步，伊雪熙也默默地跟随而上。

直到周围的人都远离后，伊雪熙的神经仍不敢放松。不知道为什么，她总害怕夜烽就在附近监视着自己，总害怕夜烽会突然出现，这令她时时刻刻都提心吊胆。

伊雪熙一路忐忑，话涌到喉咙，却怎么也脱不了口。凉以凡又放慢了脚步，伊雪熙已经走到他的旁边了。

二人不约而同地偷望了对方一眼，四目相对的瞬间，二人同时心虚地转过头去。

凉以凡抿了抿唇，仿佛好不容易才挤出一点勇气，却只是轻若无声地喃喃道："雪熙……那个……夜烽……其实是个什么人？"

伊雪熙微微一愣，犹如阻塞已久的道路倏然被打通一样，冷漠的脸颊不禁绽露了一丝兴奋。伊雪熙的嘴角微微上扬，轻轻地吐出温柔的声音："其实我们并不是新闻部所说的那样，他只是我父亲朋友的儿子……"一到解释就紧张起来的伊雪熙也下意识地编织了谎言，"我们真的没什么，他的性格很奇怪，有时候会做一些常人理解不了的事情，不过因为他是我父亲朋友的儿子，我就只能忍了。"

伊雪熙再度强调"父亲朋友的儿子"这个位置，背后听到的人恨得牙痒了，一股疾驰而来的寒气倏忽袭来，伊雪熙浑身一

抖，心虚的恐惧立刻涌现到苍白的脸颊上。

伊雪熙皱起眉头，以愤怒的目光回头，本想狠狠责骂这个跟踪狂一顿，但当她发现了一双比自己更生气的瞳孔时，莫名的感觉交织在心头，迅速打败了激动。

夜烽轻轻皱着眉头，刻意提高声调，讽刺又切齿地问道："伊雪熙，你再说一次，我是谁？"

伊雪熙尴尬地愣了愣，又偷望了凉以凡一眼，他好像也在等待这个答案，气氛十分尴尬，但夜烽的眼神正在给人以压迫的气势，让人没有犹豫的余地。

"不要挑战我的耐性。"夜烽再次警告道。

"你是一个跟我父亲有紧密联系的人啊，你不是我父亲朋友的儿子难道是我父亲的朋友吗？"伊雪熙极力挤出理直气壮的愤怒，声音却是颤抖的。

"呵！"夜烽冷笑一声，嘴角的讽刺令人心虚。

夜烽尖锐地望向凉以凡，再道："你相信吗？"

凉以凡用力绷紧面部抽搐的神经，一字一字地丢出来："只要是雪熙说的话我都相信。"

"是吗？看来你这双红眼也不是很敏锐嘛！"夜烽一手抱着伊雪熙的肩膀，霸道地将她搂入怀里，高调地证明了他的"身份"。

"你是谁？"凉以凡的瞳孔倏然变得更红了。

"夜烽，你不要这样好不好？"伊雪熙尴尬又委屈，却不敢表露凶狠的一面，只是用力拉开那双狂妄的大手。可是夜烽反而把伊雪熙的肩膀抓得更紧了。

"这里是学校，你怎么可以对一个女生毛手毛脚？"凉以凡见状，无法忍耐的怒火终于爆发，不禁出手分开二人。

"我抱自己的未婚妻难道都要你管吗？"夜烽在凉以凡激烈的反抗下发出尖锐的声音，顿时令对方震惊地愣住了！

“你说什么？”凉以凡难以置信地喃喃道。

“我是她的未婚夫！”夜烽咬牙切齿地低喝一句，然后倏然捧起伊雪熙的脸颊，薄唇猛地袭击在她惊讶微张的桃唇上。

凉以凡首次遇到一个可以控制伊雪熙的人，而且是如此亲密的举止。

这一次，凉以凡不得不相信夜烽的话，尽管他不愿意接受伊雪熙对自己说谎。

凉以凡冷静地低下头，拖着沉重的脚步转身离去。

伊雪熙看不到凉以凡的表情，只感觉到刚才还站在旁边的影子突然不见了。伊雪熙迟疑回神，猛地推开狂妄的少年，捂着嘴巴悲愤地瞪了他一眼，又焦急如焚地回头，可是凉以凡的脚步走得比任何时候都快，短短几秒，他已经消失在长廊上了。

“你急什么？难道你喜欢他吗？”夜烽没有一丝愧疚，反而低喝。

伊雪熙愤然回头，咬牙切齿地瞪着夜烽责骂：“夜烽你这浑蛋，谁说我答应当你未婚妻了？谁说我答应让你亲了？我好不容易才把昨天的事情解释清楚，你为什么偏偏喜欢搞破坏？你这人很讨厌，真的很讨厌啊！”伊雪熙忍不住用小拳头狠狠捶打了夜烽一下，此刻的她就像一个无助的小孩。

夜烽第一次看见冷漠的她有如此柔弱的一面，尤其那双冰冷如霜的眼睛，此刻凝结了两颗摇摇欲坠的泪珠。

夜烽一手捉住伊雪熙的手腕，犹如肃杀一样冷漠地说：“你不要忘记我是谁，那是改变不了的事实！”

“浑蛋！”伊雪熙狠狠甩掉夜烽的束缚，愤怒地转身离去，一颗闪耀的泪珠却在转身的瞬间飞溅到空气之中。

夜烽默默地凝视着这个不再高贵的背影，那落拓的忧伤却让人有点于心不忍。这种感觉，他还是头一次。

2.

伊雪熙敢不承认夜烽是自己的爱人吗？

二人大胆在校内接吻，难道学校还要偏袒他们吗？

夜烽强吻伊雪熙的瞬间被完美地偷拍下来了，照片传遍整个校园，甚至到达校长的邮箱里。伊雪熙与夜烽的恋情再次成了头条新闻，莫智萱带头指责学校袒护伊雪熙，心虚的训导主任再也不敢束手坐视，立刻罚伊雪熙和夜烽分别清洁教学楼的女厕和男厕。

这个处罚虽然不是很重，但对于高高在上的伊雪熙来说就是一种酷刑！

训导主任私下跟伊雪熙说，只要学生们都走了，她就会安排清洁阿姨来打扫，但放学的时候她还是得在女厕里随便洗洗刷刷地装个清洁的样子。

夜烽不屑一顾，放学径直往伊雪熙的家里走，伊雪熙也是因为不想面对夜烽才选择留在学校里。

学校的厕所是单独隔开的，一放学大家都会往校外跑，一般没有人会留在女厕里。伊雪熙打开了女厕的杂物间，纠结地戴上那对被戴过无数次的手套，拿起那把已经肮脏得发黑的地拖，感到一阵恶心，只想往后退。

突然，穿着劣质鞋子的脚步声断断续续踏入女厕，伊雪熙尴尬得立刻跑进厕所内，把自己锁了起来。

她极度害怕被人发现自己竟然会逗留在学校的劣质厕所里，而且手上还套着一双破烂的红色手套。

“哎呀，我都说伊雪熙肯定回去了！”一个尖锐的声音响起，隔着门，伊雪熙也听得出其中的讽刺。

“这里不是还有一扇门关着吗？我说这里面一定是她！我们

其他团员都在各个女厕守着，全都没有动静，就只有这间关着门。”这是莫智萱，伊雪熙的记忆里清晰地存留着这个少女的声音。

“但是智萱啊，万一里面不是伊雪熙怎么办？那样好像不太好耶。”

“那倒是，我们还是到外面等吧。”

莫智萱有意令伊雪熙放开戒备，可是伊雪熙贴在门上的耳朵却听不见那些劣质高跟鞋跟地板摩擦的声音。

她们还没走，只是想引伊雪熙出来而已。伊雪熙气鼓鼓地抱着手，冷静下来想计策。

在这个紧急关头，她不安分的脑袋居然想起了夜烽，如果她能学会他的那种移动方式，或许在开门的瞬间，她就可以像风一样溜走，然后就用不着被那群“三八”取笑了吧。

疑惑之际，伊雪熙再次听到一些细碎的声音。伊雪熙贴在门上，仔细一听好像是打开胶袋的声音，难道——

伊雪熙的脑海浮现了一个可怕的想法，还来不及逃避，一种滑溜溜的东西忽地降落到她头上！少女惊骇得骨软筋麻，无力反抗，直到脖子被狠狠咬了一口时，伊雪熙才有意识拨开脖子上那恶心的东西！

伊雪熙天不怕地不怕，就是害怕这些滑溜溜的蛇，一看就让人毛骨悚然，更别说现在爬得满身都是了！伊雪熙惨叫起来，一边拼命地把蛇拨到地上，一边打开厕所的门，但外面好像有人故意跟她作对一样，硬把门按着不让她打开。

伊雪熙急得眼眶都红了，在原地拼命地跳，却躲不开缠人的物体，恶心的东西再次爬到脚上，害得急火攻心的少女连连尖叫！

“你们在干什么？”突然，一个男生怒喝起来，伊雪熙管不了

外面是谁，不禁失态地向门外人求救！

按着门的人好像心虚了，立刻跑开。伊雪熙激动地跑出来，狼狈地跳动着，极力甩开缠在脚上的蛇，却不敢用手去碰一下！

少年见状，立刻跑上前，一手捉住小蛇，随手一扔，吓得莫智萱等人尖叫连连。少年用那双异常锐利的瞳孔瞪了她们一眼，再捉住伊雪熙的纤手，带她走出险恶的空间。

劫后余生的伊雪熙依然心有余悸，在这大夏天里，纤手冰冷如霜，不停地颤抖着。少年不禁把伊雪熙的纤手握得更紧，他只能给予她如此微薄的温暖，让伊雪熙恐惧的心脏缓缓安定下来。

少年担忧地凝视着伊雪熙，跟自己高度几乎一样的她，如今再也没有公主般高贵的距离感，却有一种令人怜惜的脆弱。

“她们太过分了，明天我要把这件事告诉训导主任！”少年忍不住把心里的愤怒爆发出来，这是凉以凡很罕见的说话语气。

伊雪熙用力弯起苦涩的微笑，侧头望向凉以凡，不禁扬起甜美的笑容：“不用了，把事情闹大了，她们以后还会对付你。”

“如果她们以后再欺负你，你一定要告诉我！”凉以凡温柔的声音变得很用力，宛如命令一样让人有种难以抗拒的安全感。

伊雪熙嫣然一笑，不禁点了点头，小鸟依人一样“嗯”了一声。

“对了，刚才有受伤吗？有被蛇咬到吗？”凉以凡突然想起这个问题，血红色的瞳孔随即抹上了担忧的波光。

伊雪熙迟疑地想起刚才的确被蛇咬了一口，可是因为伊雪熙期待有一天可以集合四人力量救回父亲，所以她几乎每天都在修炼，万一到医院被发现她的体质跟正常人有很大的差别，那么凉以凡肯定会觉得她是一个怪人了。伊雪熙摇了摇头，小心翼翼地用头发遮掩了脖子上的伤口。

“如果有的话要立刻去医院，不要逞强哦！”凉以凡欲伸手拨

开伊雪熙刻意遮掩的头发，可却迟疑地发现自己一直握着她的手就在这个犹豫的动作下分离了。

二人同时尴尬得面红耳赤，再次低头，忘记了可以解除尴尬对话的方法。

3.

不知道是莫智萱她们狠毒，还是无知不懂这种蛇是有毒的，否则伊雪熙的伤口不会这么痛。

好不容易才熬到家里，伊雪熙不得不暴露了脆弱的一面，连洗手间也爬不过去，便虚弱地躺在沙发上了。

“怎么了？你该不会真的留在学校做清洁了吧？”冷漠的声音传进耳朵，伊雪熙还是不习惯家里多了一个男生，而且还是个危险的男生。

“你少管闲事。”伊雪熙极力挤出可以说完一句话的力气。

“怎么了？”可惜夜烽一眼便看出伊雪熙出事了，匆匆走到少女面前，一把拨开她的头发。

“不要碰我！”伊雪熙倔强地反抗道。

夜烽没有理会她，伸手摸了摸伊雪熙的额头，居然滚烫。

“你发烧了！为什么无端发烧？是不是哪里受伤了？”夜烽把她的头发拨得更开，裸露的脖子却没有任何伤痕，“你不告诉我，我就把你的衣服解开自己慢慢找了！”

伊雪熙大惊失色，咬牙切齿地怒喝道：“变态！我今天被蛇咬了，那蛇好像有毒。”

“伤口在哪儿？”

伊雪熙用力转过身，一个正在腐烂的伤口把夜烽也吓得目瞪口呆。

“怎么腐烂成这样子？什么时候受伤的？”

“刚才在学校清洁的时候被蛇咬伤，我还以为那蛇没有毒……”伊雪熙失落地抿住双唇，瞳孔里竟然划过一道罕见的单纯，可是伊雪熙很快又露出倔强的表情，用力说道，“我能够用灵气把毒液逼出来，你别管我。”

“你连说话都没力气了，还用什么灵气？蛇毒的解药是蛇的血清吧，你知道是什么蛇咬了你吗？”

“我看到那东西就想吐，还会去研究它长什么样子吗？”伊雪熙用力一喝，痛得浑身神经抽搐起来。

“你这样下去会死的，家里有什么药可以解毒吗？”

看见夜烽如此紧张，伊雪熙冷笑一声：“你担心我吗？你怕我会死掉吗？”

夜烽微微一愣，诡异的眼睛随即眯起来了。夜烽轻轻抬起伊雪熙的下巴，语带挑逗道：“当然担心了，你是我的未婚妻呢，我怎么舍得你就这样死掉。”

伊雪熙不忿地皱起眉头，一个新的念头却浮现了，她偷偷勾起诡异的嘴角：“我有一个办法，你要试试吗？”

“什么办法？”

“让我吸你的血，那样我就会痊愈了。”

夜烽微微一愣，眉头散开，迅速冷静了下来。

看见这张冷静的脸，伊雪熙感到莫名的不安。不，不只是不安，而是恐惧。那道诡异的笑容，阴森又神秘，令人捉摸不透，越看越心虚。

“吸我的血就可以解毒？真的这么简单？”夜烽终于翕动那两片神秘的薄唇，阴寒的气息令伊雪熙又颤抖了一下。

“不……不然还有什么？”

“从你这句回答，我就确定你有阴谋。你吸我的血是为了什么？吸我的血我就会死？还是吸了我的血，你就会得到我的什

么？”

后面的问题让伊雪熙大惊失色，夜烽也确认了这个猜测，“看来我猜对了，你吸了我的血就会得到我的什么，我有什么值得你得到的呢？”夜烽摸着下巴，顽劣地猜测道，“难道是……力量？”

伊雪熙再次一愣，虚弱的状态让她没有掩饰的能力。

“呵呵，原来是这样，你有这么特殊的能力啊，可惜我不会让你复制我的力量！”夜烽冷眼看着伊雪熙被那渐渐腐烂的伤口害得越来越痛。伊雪熙后悔自己冲动的同时也发现这个人很可怕，比自己想像得更可怕。

“那没办法了。”夜烽冷笑一声，放肆地解开伊雪熙的扣子。

伊雪熙顿时吓得三魂出窍，用尽浑身力气捉住夜烽的大手，急道：“夜烽，你想干什么？”

“我不解开几个扣子怎么帮你吸血？”

“吸血？”

“吸走你的毒素，怎样？你是让我吸还是白白死掉？”

“你少来了，我不会上当的！”伊雪熙极力建立自己的防卫心。

“我发现给你机会是在浪费我的时间！”夜烽不忿地喃喃一声，突然扯开伊雪熙的衣领，猛地埋头。

“呀！夜烽！”

“要我温柔点你就不要吵！”夜烽怒喝一声，轻轻压住伊雪熙的脸颊，薄唇轻轻贴在那个腐烂又恶心的伤口上，一点点地把毒液吸进嘴巴里，莫名的电流却偷偷流入伊雪熙的神经，令她浑身筋骨酥软，无法使力。

夜烽缓缓抬头，嘴角留有一点紫黑色的血迹。

伊雪熙气鼓鼓地看着这张冷漠的俊脸，嘴角有点莫名的苦

涩，却呼出讽刺的声音："怎样？我的血好喝吗？"

夜烽冷笑一声，大手轻轻抚摸那两片苍白得令人怜惜的桃唇："伊雪熙，你的命是我救回来的，所以以后你的人也属于我了。"

伊雪熙倔强地反驳道："以为这样救我一命我就会感激你吗？你可以说我的命是你的，你要杀就随便！"

夜烽咬了咬下唇，微微凑近伊雪熙，薄唇欲贴在那两片颤抖不已的桃唇上，却又抿住双唇，俊脸转移到她的脖子上，轻轻埋在沙发里，仿佛是为了不把毒素传给她。

伊雪熙不太习惯夜烽的体贴，只感到有一种屏气慑息的紧张，紧张得令人浑身神经紧绷，动也无法动一下。

4.

伊雪熙渐渐从冰冷中醒来，她小心翼翼地睁开眼睛，发现那个矫健的身躯已经消失不见，四周只有熟悉的摆设和空调吹出来的冷空气。

她在房间里，躺在自己的床上，却没有感受到一点温暖。

有谁知道，哪怕是暑气蒸人的夏天，伊雪熙也不喜欢冷空气。

伊雪熙第一时间把空调关上，一边摩擦着冰冷的手臂，一边走出房间。她不知道自己要去哪里，可是双脚不受控制地停留在一个没有关门的客房面前。

好像因为疲累过度，不可一世的少年居然也斜斜地躺在床上，连被子都没有盖，好像虚弱得只能就这样倒下一样。伊雪熙不禁好奇地靠近夜烽，他的脸色有点苍白，眉头一直紧紧皱着，好似跟体内的毒血进行过一番苦战。

伊雪熙突然惊醒，不禁向自己发问：我为什么要管他的

生死？

犹豫了片刻，伊雪熙才找到答案。如果夜烽死了，那么她以后就不用烦恼了。现在夜烽沉睡了，她应该趁机杀了这个可怕的家伙！

伊雪熙握紧了拳头，一时之间，她竟然不知道该如何下手。

没有焦点的眼神在夜烽身上游移，一个奇怪的景象却浮现在伊雪熙眼里，夜烽手里在紧紧握着什么东西。伊雪熙小心翼翼地打开夜烽的手，好不容易才抽出那件雕刻得宛似阳光的玉佩。

玉佩一般是老人或家长给孩子小时候佩戴的东西，孩子长大了也不喜欢戴这些老套的东西了，为什么夜烽会有呢？而且夜烽在痛苦的时刻紧紧握着它，应该是十分重要的信物。

伊雪熙诡异一笑，把玉佩藏在口袋里："夜烽，你的把柄在我手上，看你以后还怎么嚣张？"

伊雪熙不敢怠慢，转身就走，她害怕只要犹豫一下，这个把柄就会捉不稳了。

地球的天气变得越来越差，屋子外面刚刚还是炎热得要命，随即又下起了滂沱大雨。

伊雪熙默默看着路边的大树被吹得摇摇晃晃，心里竟然也有一种摇晃的不安。

不知道是不是大雨的声音太强烈，把夜烽惊醒了。

一阵急促的脚步声从客房里跑出来，伊雪熙来不及躲避，已经被夜烽发现。

虚弱的少年用脸红筋暴的神色瞪着伊雪熙，二话不说责问起来："是不是你偷了我的玉佩？"

"你说那个破东西？我丢了。"伊雪熙极力让自己的信念坚固起来，鄙夷不屑地说道。

"丢到哪里了？"夜烽没有心情跟她闹脾气，立刻心急地

追问。

看见夜烽火烧火燎的样子，伊雪熙加倍嚣张，懒懒地说道："丢到外面的垃圾桶里啊！"

夜烽狠狠瞪了伊雪熙一眼，二话不说地冲出屋子。

外面风雨如磐，夜烽仿佛一点都没有察觉，冒着大雨跑到路边的垃圾桶前面，可是低头一看，垃圾桶里居然空空如也！

伊雪熙站在门口，不知道是不是因为隔着大雨的关系，她认为夜烽看不清自己的表情，冷漠的瞳孔露出担忧的波光，莫名的冲动从喉咙里汹涌出来："现在都 11 点了，这条街的清洁阿姨应该已经收垃圾了！"

"收了的垃圾会送去哪里？"夜烽尖锐利落地发问。

"不知道。"伊雪熙鼓起了脸颊。

夜烽听得出这是气话，冲天的愤怒再也没有压抑，立刻跑到伊雪熙面前，用一种给她最后机会的愤怒喝道："我的玉佩在哪里？"

"阿姨把垃圾带走了，那应该在垃圾场吧。"伊雪熙很想别过脸去，但好奇又不忿的目光忍不住留在夜烽脸上，"你这么紧张那玉佩干吗？谁送的？"

"玉佩在你身上吧？"夜烽看穿了伊雪熙的小把戏。

伊雪熙紧紧抿住双唇，鼓着脸颊，什么也不说。

"你不交出来难道要我搜身吗？"夜烽的态度比以前任何一次都要坚决，他赤裸裸地告诉伊雪熙，没有再问第二次的机会了。

无奈之下，伊雪熙不得不承认自己还是被打败了，从口袋里抽出那块晶莹剔透的玉佩。

夜烽一手抢回玉佩，看也没看她一眼便走进屋子里，但伊雪熙还没有感受到夜烽心里有一个快要爆发的火山，放肆地问道："喂，你还没有回答我的问题，那东西到底是干什么的？谁给你

的？为什么这么紧张？”

夜烽愤然回头，一手掐住伊雪熙的喉咙，磨牙凿齿地警告道：“你以后最好给我乖一点！”

伊雪熙先是一惊，很快冷静下来，大胆挑衅道：“看来你也有解决不了的难题哦，我的占卜可是很准的，要我帮忙吗？”

夜烽猛地一愣。

伊雪熙捉到夜烽的弱点，继续逼问道：“那个玉佩难道是家人留给你的信物？很重要吧？告诉我你的困惑，或许我可以帮你找到答案呢！”

夜烽松开了手，沉沉低头。

“为什么你会一个人跑来这里？看样子你像是一个流浪的人，你为什么没有家人？失散了？”伊雪熙继续尖锐地逼问。

夜烽瞪了她一眼，谨慎地问道：“如果我告诉你，你真的可以帮我？”

“不然你以为我很闲吗？我对你的事情没兴趣。”

听见这些冷漠的话，夜烽仿佛放下了防线：“我天生拥有一种很奇怪的特性，无论学什么都会快人一步。本来我活在一个普通家庭，但 7 岁那年突然有一个叫暗连城的杀手组织捉了我，把我训练成杀手。后来我消灭了那个组织，回到原来的地方，却发现家人全都搬走了。”

“那么这块玉佩是你跟家人的唯一联系？”

夜烽抿住双唇，沉沉地点了点头。

“你家里人会不会遇害了，不然怎么舍得丢下自己的孩子？”

“我还有一个弟弟……”夜烽偷偷吸了一口气，冷漠的瞳孔露出明显的温暖，虽然他也在努力隐藏，“我能体谅，他们为了弟弟的安全搬走。”

“你很想念他们吗？”

夜烽绷紧了脸部神经，防卫道："这个问题好像跟占卜没关系吧？"

伊雪熙讽刺地一笑，沉思了一下，再道出凝重的话语："如果我能够帮你找到家人，你就跟我取消婚约吧。"

夜烽先是微微一愣，迅速又勾起了讽刺的笑容："哼，你真不简单！"

"干脆点吧，答应还是不答应？"

夜烽不禁沉思了一下，眼前少女不过是绝色了一点，但女人有什么重要的？

当夜烽点头的那一刻，二人的距离凝结了一层难以穿破的冰霜。

Chapter 03
吸血女王

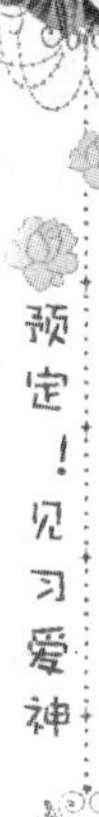

1.

再过一周就是假期了，大家的心也跟着散了，忙着计划假期怎样出行，甚至连凉以凡也变得很忙，最近他极少主动找伊雪熙吃饭、聊天，连见面的机会都变得很少。

伊雪熙仔细回想了一下，这些奇怪的现象是自从夜烽在凉以凡面前强吻自己之后才出现的。

那个谎言，把他们的距离拉得越来越远。

讨厌一个人的感觉她很清楚，被讨厌的感觉她也很清楚，但此时此刻，过去毫不在乎的东西竟然变得有点价值了。

在假期开始之前，伊雪熙还是要每天到女厕装模作样。

伊雪熙已经不想再来这个地方了，只是进退两难，家里的魔鬼也不比这里的回忆善良。

学校恢复了以往的平静，一到放学，学生便在吵闹的气氛中离去，伊雪熙认为莫智萱她们暂时不敢再对她做什么小动作了，于是安心地在女厕等待着清洁阿姨来替换。

平静的时候，人总是不自觉地沉思。其实她骗了夜烽，她对占卜术根本不是很了解，她能占卜到玄邪在黑夜流沙里，也是因为玄邪的生命树发出了强大信号。她要怎样帮夜烽找到家人呢？只有那样，她才可以摆脱“未婚妻”这个称呼，或许还可以借助夜烽的力量找到父亲。

疑惑之下，一阵小心翼翼的脚步声突然打破了伊雪熙的沉思，少女惊骇回神，带着强烈的警惕望向门外。

她不得不承认，她实在害怕极了那些滑溜溜的东西，只不过出现在眼前的，竟然是一只有一米五高的小丑熊玩偶。

“雪熙一个人清洁好可怜哦，我能不能陪你一起清洁呢？”躲在小丑熊背后的人装出小孩的声音，伊雪熙一下子便想到了凉以凡。

“以凡？”伊雪熙不禁脱口惊呼，嘴角微微上扬。

“一下子就被识破了，看来我真是没有什么演艺天分啊。”凉以凡把小丑熊放在一旁，带着甜美的微笑走进女厕。

“雪熙，东西给我，这些不适合你。”凉以凡温柔地脱下伊雪熙的手套，并抢走了她的抹布。

“以凡……这些事情应该由我做的……”

“为什么应该由你做？夜烽同学呢？他害你落得如此下场，自己却——”凉以凡不禁愤然抬头，看见伊雪熙惊讶的神情后，他才意识到自己很冲动。

“那个人是很坏……我们……不要聊他了……”伊雪熙极力吐出的话让自己不要显得那么尴尬，可是心里想说的话涌到喉咙又好像无法脱口，一时之间来不及冷静，脸颊红了。

“其实……”凉以凡挤出一句愧疚不堪的话语，“我应该相信你的。”

伊雪熙一听，笑逐颜开，又羞答答地低下头，藏起了那种令人丢脸的兴奋，“嗯……虽然我们的事情有点复杂，但我相信很快就会解决的。”

“解决的意思是……”凉以凡不禁好奇脱口，却无法进入问题深处。

“我不是他的未婚妻，我怎么可能喜欢这种人，我猜一定是搞错了什么，总之事情很复杂，我需要一点时间去处理。”

“没关系，我等你。”凉以凡不禁兴奋得脱口而出，但这句话

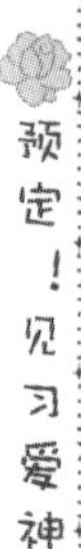

却让二人都目瞪口呆了！

百感交集的伊雪熙一时之间分不清心里的想法，凉以凡却首先回神，极力掩饰道："我们是朋友嘛，我应该相信你的，我说等你的意思，是等你把事情解决了，我们就可以像以前一样无拘无束了，对吧？"

伊雪熙也回过神来，带着甜美的微笑点了点头。她突然发现，其实自己也不是很贪心的人。

凉以凡傻乎乎地笑了笑，立刻把注意力转移到清洁方面，一边抹着瓷砖，一边寻找话题打破尴尬的气氛："清洁很闷吧？不如我说点冷笑话给你听？是我昨天看电视学到的。"

"好啊！"伊雪熙的嘴角漾开一个宛如湖泊般的笑脸，羞涩甜美。

"你知道键盘里面哪一个键最帅吗？"凉以凡自信满满地问道。

"这个我早就听过了，是 F4。"伊雪熙傻笑一下，美若天仙，又纯洁如水。

凉以凡被眼前美景摄住了灵魂，这让他有一种更想表现的冲动。凉以凡努力沉思了一下，继续自信满满地笑问道："有一天，有一个人遇到了上帝，上帝突然大发慈悲，打算实现这个人的一个愿望，然后上帝就问：'你有什么愿望？'那个人想了想，忽然想到别人说猫有九条命，于是他就跟上帝说：'请你赐九条命给我吧。'上帝实现了他的愿望。有一天，那个人又觉得好无聊，想去死一次，反正自己有九条命，于是他就睡在铁轨上面，结果一辆火车开过来，那个人就死了，你知道为什么吗？"

伊雪熙皱起了眉头，她实在没听过这个冷笑话。

"怎样，要答案吗？"凉以凡扬起了坏坏的笑容，久违的快乐随即弥漫了狭窄的空间。

“讨厌，你是骗我的吧？他就只是想死一次，怎么会死了呢？难道上帝说谎了？不，应该没这么简单吧？”

“我没有骗你，的确是有答案的，怎样？”凉以凡挑了挑眉，为了这点小胜利感到兴奋。

伊雪熙扁了扁唇，无奈道：“好吧，这次当我输了。”

“哈哈，答案就是……因为火车有十节车厢啊！”

伊雪熙不禁笑了两声：“这笑话好囧啊！”

“哈哈，是啊，当时看到就想立刻告诉你！”

敏感的少女一听，羞答答地低下头，好不容易才吐出轻若无声的话语：“你帮我清洁，不如今晚我请你吃饭吧？”

“不行，吃饭一定要男生请的。”凉以凡心急地脱下手套，拉着伊雪熙跑到门外，“这只小丑熊是送给你的，但饭还是要我请，知道吗？”

伊雪熙贪婪地抱起小丑熊，嫣然一笑，却没有想过夜烽可能会狠狠把它撕成碎片。

走在冷清的学校里，二人感到格外的自由。

经常换上高跟鞋才回家的伊雪熙，今天却绕道而行，刻意避开了鞋柜。

凉以凡仿佛察觉到了这一点，好奇地问道：“雪熙，你今天不换鞋吗？”

“不用了，其实那个不重要。”

凉以凡傻气一笑，大手放在自己头上摇晃了一下，说：“每次跟我一起走的时候你都不换鞋，雪熙真体贴，不想穿了高跟鞋比我高吧，呵呵，看来我要买一双内增高鞋才行。”

伊雪熙尴尬一愣，立刻解释道：“没有啦，你想太多了，我现在都很少换鞋了，鞋柜里每天都有一封无聊的信，我懒得去清理。”

凉以凡微微一愣，脸上浮现出怪异的神色，可是见伊雪熙对信件的事不屑一顾，凉以凡还是把好奇压抑了下来。

2.

她要赶快了结这件事！跟凉以凡分开的一刻，伊雪熙许下坚定的承诺。

她不想被凉以凡讨厌，这是伊雪熙第一次承认的软弱。

为了掩饰占卜能力是虚假信息，伊雪熙建议夜烽回到原来的屋子寻找更多的线索后再进行占卜。

长假期间，夜烽和伊雪熙默默开始了寻找夜烽亲人的道路，伊雪熙也只能偷偷离开这个城市，没有给凉以凡留下一点踪迹。

群魔市，地如其名，群魔聚集，城市原来的名字早就被人类遗忘了，因为这里的瘴气是全国最浓郁的，妖魔鬼怪都喜欢往这个城市跑，于是城镇本来的居民纷纷搬走，除了一些穷得搬不起家或者对此地有很深依恋的人。

走进当年的故乡群魔市，夜烽才发现这里已经没有警察维持治安了，流氓遍布大街小巷，像电视剧里的黑社会地盘。

远远看过去，一个可爱的少女正在被一个长着妖精耳朵的男子调戏。伊雪熙心里只觉得这里肮脏得令人厌恶，但她万万没想到冷漠如霜的夜烽居然跑到他们面前，替那个少女出头。

夜烽一手把少女拉到自己身后，瞪着妖精男子，狂妄又凶狠地说："不想死的话乖乖给我滚回去，以后再让我看见你欺负她，我就把你碎尸万段！"

"浑账！你这家伙是谁？居然敢跟暗连城的人作对？"妖精男子刻意露出手臂的文身，高调地展示自己组织的强大名称。

敏感的名字突然挑起了夜烽压抑的愤怒，他二话不说，一手掐住妖精男子的喉咙，灵气注入手臂，短短两秒钟就捏碎了妖精

男子的喉咙，让他连求饶的机会也没有。

夜烽没有回头看少女一眼就转身离去了，少女却激动地抱住夜烽的手臂，大胆地把可怕的少年别过来。

“你是……”少女震惊地看着夜烽，热泪激动得汹涌到眼眶，却不敢吐出心里的话语。

夜烽拨开少女的纤手，丢下一句温柔的话语：“赶快回家吧，等一下被暗连城的人发现就麻烦了。”夜烽顿了顿，从口袋里掏出所有现金，“把钱拿去，跟家人搬走吧。”

“不，我和奶奶不会搬走的，我们还要等一个人回来。”少女坚定地凝视着夜烽。

伊雪熙慢慢走近，她清楚地看见夜烽懦弱地别过脸去，逃避了少女那双楚楚可怜的眼睛。

“他不会回来了，你们赶快走吧。”夜烽冷冷地转过身去，匆忙走开了。

伊雪熙回头又看了那个少女一眼，她长得很可爱，看起来只有 15 岁左右，感觉就像一个有初恋感觉的邻家妹妹。白里透红的肌肤犹如粉装玉琢，一双秋水眼精灵可爱，像水晶球一样清澈荡漾着；娇小的鼻子令她的脸颊显得有点圆润，却增添了几分可爱的特色；双唇丰满富有线条美，小小的嘴巴绽露了一丝娇美迷人的魅力。

伊雪熙跟上夜烽的脚步，第一时间讽刺地问道：“那个女生是谁？你的初恋情人吗？”

夜烽抿住双唇，一脸心事重重的样子，仿佛没有把伊雪熙的说话听进去。

“喂，我在跟你说话啊！那个女生到底是什么人？你为什么要出手帮她？”

夜烽看了伊雪熙一眼，反问道：“你这么紧张干吗？吃醋

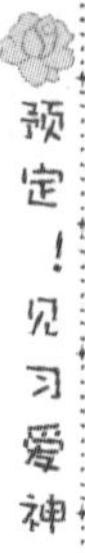

了吗？”

伊雪熙愤然作色，气鼓鼓地反驳道：“呵，自恋狂！我要多了解你的事情才可以帮你找到你的亲人，对吧？”

夜烽冷冷一笑，没有回应，却让伊雪熙感到更羞耻。

当伊雪熙努力寻找着什么可以打破尴尬的话题时，夜烽却突然停下了脚步，伊雪熙随即也听到一阵强烈压抑却忍不住尖叫的声音。

二人同时回头，刚刚散乱的路人快速聚集成群，站在中间的男人更是捉住了刚才的少女。

“云杀，好久没见了。”那个捉住少女的男人眯起了眼睛，阴森却充满了愤怒。

“他是谁？为什么叫你云杀？”伊雪熙好奇地问道。

“他就是当年捉走我的暗连城的首领凌没，云杀是我在组织里面他给我改的名字。”

凌没看了伊雪熙一眼，本想望向夜烽，又不禁多看了伊雪熙几眼。

见状，夜烽立刻挡在伊雪熙面前，再向凌没喝道：“不想死的话给我放开她！”

“你杀了我几百个兄弟，你以为我会放过你吗？居然还敢用这种语气跟我说话？难道你想看着这丫头像刚才那个兄弟一样被掐死吗？”凌没气得加强了力度，令少女痛得忍不住哽咽了一声。

“沐泱！”焦急之下，夜烽忍不住喊出了少女的名字，少女顿时从惊恐中露出了灿烂的笑容。

“凌没，捉住一个手无寸铁的女生来威胁我，难道你就用这种卑鄙的手段去教手下做事吗？”夜烽好像也没有发现自己紧紧握住了拳头。

“哼，想救她就亲自过来吧！”凌没把沐泱一手丢在地上，然

后让所有手下通通冲向前。

夜烽双手合掌，慢慢张开，一把修长富有锐利美感的灵剑快速呈现在眼前。夜烽迅速握住剑柄，猝然一挥，疾如雷电的灵气随即划过眼前所有敌人的身体！

为了不让攻击伤害到沐泱，夜烽只用了一成灵力，也只令第一排的敌人受伤，却不会致命。

一群不知死活的妖怪继续冲上前，夜烽只能跟他们进行近身战。

突然，尖叫的声音划破天地，夜烽分不清是前方还是后面传来的，仔细一想，却发现已经迟了一步！

夜烽一手砍断好几个人的脖子后发现沐泱正在敌人束缚中挣扎，但捉住她的人不过是一只普通妖怪，凌没的身影却不在眼前。

夜烽这种快得像瞬间转移的移动招数是凌没教他的绝技之一，那么也就是说背后传来的声音，是凌没伤害了背后的少女所致？

三魂出窍的少年一剑刺死面前最后一个敌人，急忙转身，却发现刚才明明站在不远处的伊雪熙消失了踪影！

他怎么可以忘了，凌没是一个十分喜好酒色的男人，而伊雪熙是一个绝色美女。

夜烽追不上凌没的脚步了，因为他不知道暗连城的巢穴在哪儿，他立刻把注意力落在捉住沐泱的妖怪身上。

妖怪也有所防范，欲掐紧沐泱的脖子，夜烽却突然来到妖怪面前，像闪电一样的灵剑劈断了妖怪捉住沐泱的那只右手。

妖怪痛苦地尖叫起来，夜烽却没有杀他，而是狠心地把妖怪的一块肉割了下来。妖怪吓得亡魂丧胆，拼命向夜烽求饶。

夜烽把剑尖放在妖怪痛苦的伤口上，瞋目切齿地喝道：“凌

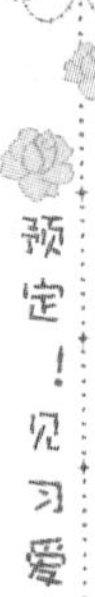

没的巢穴在哪里？”

妖怪想了想，仿佛害怕被暗连城的人追杀，便向夜烽求饶：“我不知道，我不知道！你放过我吧，求求你放过我吧！”

“你不知道的话我就把你的肉一块一块割下来，直到你说为止！”

妖怪吓得魂惭色褫，他从夜烽那双肃杀的瞳孔里看得出自己的命运，于是改变主意：“我知道！我知道！我告诉你吧！”

“带我去！”夜烽命令道。

“好！好！我带你去！”妖怪虚弱地爬了起来。

夜烽望向沐泱，见她伤势不算太严重，便吩咐道：“你赶快回家叫奶奶搬走，我要去救刚才跟我一起的那个女生！”语毕，夜烽便用灵剑指着妖怪的背部，让他带自己走向凌没的巢穴。

“光年哥哥。”沐泱捂着疼痛的手臂，痛贯心膂地凝视着夜烽的背影，热泪盈眶，“我会等你回来的。”

夜烽愣了愣，偷偷吸了一口气，抿住双唇，然后默默地向前走去。

虽然背对着沐泱，但她的眼泪切切实实地流在他的心头。

3.

她恨他！当这双色迷迷的眼睛盯着她的那一刻，她就恨死夜烽了。好歹她也是他的未婚妻，就算不把她当成未婚妻，也是一个可以帮他找到家人的占卜师，为什么他居然没有选择救她？

凌没一步一步地向伊雪熙走近，那双狡猾的眼睛越来越贴近，令人不禁全身颤抖。

“别以为我不会反抗，我宁死都不会让你靠近我的！”伊雪熙终于冷静起来。

凌没忽地消失在空气之中，又突然出现在伊雪熙面前，一手

捏住她的脸颊："外面有很多人在把关，你杀了我也逃不出去，更何况你能杀我的话又怎么会乖乖地坐在这里呢？"

凌没勾起阴森恐怖的笑容，带着强烈的欲望渐渐凑近伊雪熙，仿佛在享受着她的香气和紧张的呼吸。

"谁说我不能？"伊雪熙突然扑在凌没的脖子上，一口咬住他黝黑的肌肤！吸下凌没的血，伊雪熙恶心得直想吐出来，一时之间来不及冷静，凌没已经推开了她。

"看来你这丫头一点都不简单啊！"凌没震惊地盯着伊雪熙，举起大手，把灵力注入掌心，狠狠掴了伊雪熙一巴掌。

强大的力量打得伊雪熙的脑袋有点余震，她思绪一片空白，连视线也模糊不清，却依然感受得到凌没正在向自己扑过来！

伊雪熙三魂出窍，绝望得只能闭上眼睛，真想世界变成一片漆黑。

"打我的宠物，你是要付出代价的。"突然，一阵震撼的声音划破天地！没错，那已经不可以用"声音"形容了，那是一种划破天地、如雷贯耳的力量！

凌没大惊失色，他从来没有见过这么震撼的狂风，宛如龙卷风一样袭来。

那是夜烽的了夜砍！夜烽在暗连城的时候曾经修炼过这个绝技，但凌没因为害怕他超越自己之后会背叛组织，因而阻止了夜烽修炼。

难道这个破天荒的绝技被夜烽炼成了？

凌没难以置信，但当那疾速的风暴如刀一样割下来的时候，凌没在亡魂丧胆之际相信了！

犹如雷电闪过的一瞬，龙卷风借助月亮的力量横向一砍，星落云散！

听到一个个脑袋逐渐倒下的声音后，一个长长的影子射进寝

室，伊雪熙捂着还有点神志不清的脑袋，极力集中精神看清楚来者。

当一双冰冷的大手把她横抱起来时，伊雪熙才切切实实地感受到被营救的温暖。

松了一口气之后，伊雪熙鼓起了脸颊，不忿地瞪着夜烽。

使用子夜砍之后，夜烽已经虚弱不堪，没有力气跟伊雪熙争斗，但是被这样狠狠地盯着，半晌，夜烽终于忍不住低喝了一声："你有什么就直接说，不要这样盯着我。"

"在闹市的时候你为什么不救我？"

"我不是不救你，我同时听到前后都有人尖叫，我只是比较担心前面，因为沐泱没有还击能力。"夜烽低头看了她一眼，发现了那气愤的表情，再次冷笑道，"更何况我也没有义务一定要救你。"

"我可是你的未婚妻耶，难道你就看着我……看着我被捉走吗？"伊雪熙有点急了，脸颊也气红了。

夜烽用锐利的眼神看着伊雪熙，把她看得越来越心虚时，再次坏坏地笑道："你终于承认你是我的未婚妻了吗？"

伊雪熙急得火烧火燎，又尴尬得面红耳赤，却还是不忿地问道："浑蛋，我现在不是跟你说这个，我问你刚才为什么没有在第一时间救我？还有，那个沐泱是谁？"

夜烽犹豫了一下，经过思考后冷静回答："那丫头是我们家以前保姆的孙女，她的奶奶服侍了我们三代人。"

"就这么简单？"

"知道太多我怕你会妒嫉得整晚都睡不着觉耶！"夜烽笑道。

"少废话，我不是生气才问你，我只是想知道更多，那样方便找你家人！"伊雪熙死命撑着。

夜烽一眼看穿了那薄薄的脸皮里面藏着的异样的好奇，于是

满足地展颜一笑，坦白地解释道："我们兄弟俩很喜欢跟她玩，年少的时候我还记得妈妈跟奶奶说过，以后等我们长大了，沐泱要嫁给我们兄弟其中一人，那时候沐泱很天真又很羞涩地说要嫁给我，后来大家都笑了她很久。"

温馨的回忆使夜烽的嘴角露出了一抹罕见的甜蜜，但他很快发觉自己说得太多了，于是紧紧抿住双唇，再次露出冷漠如霜的表情。

伊雪熙扁了扁唇，为了不让自己纠结这个问题，便把注意力落在夜烽的身体状况上："刚才那个绝技花了你不少灵气吧？我看你现在连走路都困难，我们先在这里休息一下吧。"

"不要。"

"为什么？这里的人全都死光了，你还怕什么？因为有童年阴影？"伊雪熙一眼看穿了夜烽的秘密，大胆地讽刺道。

夜烽冷冷地瞪了伊雪熙一眼，没有回答，勉强保持最后的力气，把她抱出恶魔的巢穴。

沐泱的家就住在夜烽家的不远处，夜烽独自回到已经残破不堪的旧屋里，命令伊雪熙帮自己做一件事。

伊雪熙罕见地没有拒绝，但是她也不知道自己为什么要服从他的命令。

伊雪熙来到附近那间只有两层高，而且被妖怪破坏得破烂不堪的屋子时，一幅令人心酸的画面随即震撼了冰冷的瞳孔。

一个头发花白的老人正在为一个瘦削得令人怜惜的少女包裹着受伤的手臂，而那个少女尽管痛得像被活生生撕裂一样，还是咬牙强忍着。

伊雪熙能体会，孙女不想奶奶担心和难过，但伊雪熙不知道自己为什么会理解她们。

沐泱看到长长的影子后，带着期待的笑容抬头，当发现伊雪

熙的一刻，笑容消失了，脸上只剩下一片惨淡。

“我知道你看见我很失望，但他不会来见你的，这是事实。”伊雪熙残忍地打破了沐泱宛若玻璃的心脏。

沐泱失落地低下头，强忍住痛心彻骨的泪水。

伊雪熙突然发现自己不想在这里多待一会儿，哪怕一秒钟。

“你知道他的家人去哪里了吗？”伊雪熙一针见血，只想尽快了事。

保姆老奶奶一听，不禁深深地叹了一口气，吐出多年以来的遗憾：“自从光年少爷7岁那年被妖怪捉走之后，老爷和太太就很担心光希少爷也会被捉走，那时候老爷和太太还拜托警察帮忙找光年少爷，但直到有一天他们突然搬走了，我才发现他们已经放弃了光年少爷，连留在警察那里的联络方式都是我的地址和电话。”保姆抬头望向远远的天空，泪眼模糊，“相处了大半辈子，突然就走了。”

“这里已经变成了妖怪的巢穴，为什么你们还要留下来？”伊雪熙实在不明白保姆为什么要做这样的傻事，因为她无法理解为什么她可以用性命去守候一个没有血缘关系的人。

“因为我们相信光年哥哥一定会回来。”沐泱突然坚定地说道，那个力度跟她的软弱形象有很大不同。

伊雪熙从口袋里掏出一笔现金，放在桌子上说：“你们留在这里迟早会被杀死，拿着这些钱去别的地方吧，这是他的命令。”

保姆沉重地点了点头，苦笑了一下：“看见光年少爷安全回来，健健康康的，我们就能安心走了。”保姆说出了决定，却又于心不忍地望向孙女。

孝顺的孙女立刻收起了失落的神色，扬起苦涩的微笑，勉强道：“好吧，奶奶你先去收拾一下行李吧。”

老人兴奋得眉开眼笑，拖着蹒跚的步伐走进房间。

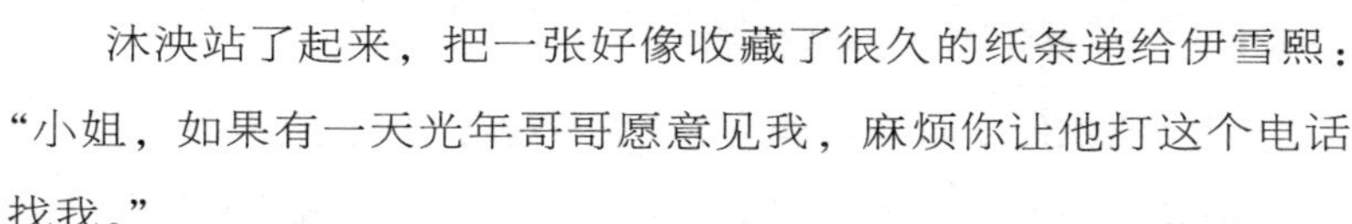

沐泱站了起来，把一张好像收藏了很久的纸条递给伊雪熙："小姐，如果有一天光年哥哥愿意见我，麻烦你让他打这个电话找我。"

伊雪熙冷冷地望了纸条一眼，明明想拒绝，纤手却不受控制地把它藏进口袋里。

"还有，我会永远等他。"沐泱低下头，脸颊红了起来，却无法抹去心如刀锉的沉重。

伊雪熙默默看着沐泱伤感地转过身去，心里泛起了莫名的心酸。

4.

夜烽的家虽然已经很破旧了，但弃置的家具上却没有一点灰尘，看来沐泱和老奶奶一直都在细心打扫。

赶了路的夜烽疲累倍增，一回来就躺在自己原来那张单人床上。

伊雪熙默默来到二楼的房间，第二次看见这个冷漠的少年像病人般虚弱地躺在床上，冰冷地缩成一团。伊雪熙走到床边，不由自主地将被子轻轻盖在虚弱的身躯上。

夜烽不禁微微挪动了一下，疲惫不堪的眼睛缓缓地张开，发现伊雪熙的瞬间，他冷漠地问："她们走了吗？"

"你这么紧张她们，为什么不跟她们团聚？"伊雪熙不忿地问道。

夜烽转过身去，仿佛在掩饰悲哀。

伊雪熙突然明白了夜烽的决定，其实他是不想连累她们，但伊雪熙实在看不惯这样的夜烽，再次挑拨魔鬼的底线："我突然觉得你很可悲。"

"你再说一句小心我对你不客气，把你压在床上的力气我还

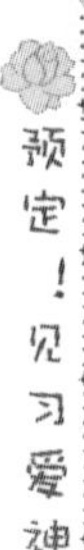

是有的。”夜烽不耐烦地警告道。

伊雪熙抿住双唇，带着莫名其妙的尴尬走开了。

漫无目的的伊雪熙找到了三楼的主人房，当她发现这就是夜烽父母的房间时，空白的脑海突然萌生了新的目标。

或许可以在这里找到一点线索！

一般珍藏的东西会放在柜子里紧紧锁上，于是伊雪熙走到柜子前，尝试拉开柜子，结果发现它竟然没有上锁！

里面没有什么金银珠宝，却有一本收藏剪报的画册。

伊雪熙打开一看，发现剪报的内容并不是什么新闻，而是从一些关于传说和妖怪的书籍上剪下来的图文。

里面有一些用笔画下来的摘要和一句亲笔写上的话：“他学任何东西都快人一步，我很清楚他并不是什么天才儿童，因为他看见街上的妖怪使用那些可怕的魔法，一下子就能学会。”

“你干吗看我父母的东西？”一个阴沉的声音突然从背后响起，顿时把专心致志的伊雪熙吓了一跳！

伊雪熙回头瞪了夜烽一眼，语带愤怒道：“累成这样子，怎么不继续睡？难道怕我会丢掉你家的东西吗？”

“我不累。”

“逞强！”

“你在看什么？”夜烽转移了注意力。

伊雪熙把剪报递给夜烽，再道：“我看你父母其实也不想跟你重聚，你还是放弃找他们吧！”

“不要这么放肆。”夜烽微微切齿地警告。

“我是说真的。”一时来不及冷静，伊雪熙不禁给夜烽坦然分析，“沐泱的奶奶说自从你被妖怪捉走之后，你父母就很担心你弟弟也会被捉走，那时候他们的确拜托警察帮忙找过你，但直到有一天他们突然搬走了，沐泱的奶奶才发现他们连留在警察那里

的联络方式都是沐泱奶奶的地址和电话。还有，这画报上面的字是你父母写的吧，他们已经发现了你的怪异，他们很害怕，看他们写的字就知道了，写字的时候手一直在抖，所以字才写成这样。”

“你胡说！”夜烽佛然作色，大喝了一声。

“你面对现实吧！他们根本就在躲避你！”伊雪熙脱口而出，冷漠的态度就像从来没有考虑过别人的感受一样。

“伊雪熙！”夜烽气得举起了大手，微弱的灵力也注入了掌心，仿佛要给伊雪熙致命的一击，但夜烽又冷静了下来，手停留在半空中，脸颊微微抽搐。

在夜烽挣扎的时候，伊雪熙感到前所未有的委屈，不禁激愤地喝道：“为什么能够替你的沐泱妹妹着想就不能替我着想？你为了她的安全赶走她，为什么就不能放我走？”

夜烽猛地收回大手，二话不说便转身走开。

伊雪熙看着他离开了自己的视线，只能待站在原地，被怒火燃烧了理智。

如果夜烽一去不返，对于伊雪熙来说或许是一件好事，但是不争气的双脚还是忍不住随后跟上了夜烽的步伐。

如果夜烽走了，那么还有谁帮他找回父亲？伊雪熙给了自己一个追上去的理由，坚定的理由。

虚弱的夜烽没有走得太远，伊雪熙远远看见他的身影就站在屋外一个已经被夷为平地的公园里。

今夜的天空没有星星，月亮也细小得像一个奸诈的笑容，长长的影子显得格外寂寞。

“你跟弟弟和沐泱经常在这里玩吧？”伊雪熙悄悄地走到夜烽背后，声音异常温柔。

夜烽低下沉重的脑袋，不禁偷偷吸了一口气。

伊雪熙走到夜烽身边，没有再发问，只是静静地待着。

难得有如此温馨的一刻，夜烽仿佛生怕它会转眼消失，忍不住吐出懦弱的话："嗯，我们以前很喜欢在这里玩……他的身体不是很好，经常跌倒，却又很爱玩。"

"你父母选择了他，难道你不妒嫉吗？"

"我们感情很好，从来没有吵过架，如果他能够好好活下来，离开我未必是错的。"

"哼。"伊雪熙不禁冷笑一声，"原来你也有软弱的一面啊！"

夜烽侧头，讽刺地凝视着伊雪熙："我突然觉得你知道得太多了。"

"放心吧，我又不知道你家人是谁，暂时还不会利用你的家人来要挟你。"

夜烽无奈地笑了，脸上却挂着一种似是甜蜜又似是讽刺的神色。

"不回去吗？今晚有点冷。"

"不，我喜欢黑夜。"冷风吹过的瞬间，夜烽的声音有点颤抖。

伊雪熙冷眼看着夜烽，不禁坦然讽刺道："你是害怕黑夜。"

"我不是警告过你不要这么嚣张吗？"夜烽生气了，又不像真正的生气，霸道的大手突然搂住伊雪熙的纤腰，二话不说地吻住了那嚣张的嘴巴。

霸道的力量很快变得温柔，甚至越来越轻，伊雪熙下意识沉淀在疑惑之中，忘记了推开这个狂妄之徒。

夜烽轻轻把伊雪熙的纤腰搂紧，放肆的薄唇小心翼翼地下滑，一寸一寸游移到她裸露的脖子上。

伊雪熙突然感到浑身麻痹，纤手不禁抓紧了夜烽的背部，低头的瞬间，伊雪熙突然发现了夜烽的脖子也是裸露的。

一个反击的念头倏然而起，伊雪熙突然低头，狠狠咬在了夜烽的脖子上！

伊雪熙轻轻抬头，坏坏地凝视着夜烽，放肆道："不知道你现在的状况，我能不能复制你的能力呢？"

夜烽冷哼一声，俊脸没有一点愤怒的神色，依旧停留在跟伊雪熙只有三四厘米的近距前："你再这么嚣张下去，总有一天我会杀了你！"

"想杀我的人多得很，你算老几啊？"

夜烽无奈地笑了，手却舍不得从曼妙的腰间游离。

"如果我的唇再贴下来，你会不会杀了我？"夜烽再贴近了一厘米左右，勾起坏极了的笑容，散发着无法阻挡的诱人魅力。

伊雪熙脸颊突然泛起两片嫣红，只能气鼓鼓地低骂一声："你试试？"

夜烽傲然一笑，脸颊再次靠近，却是把伊雪熙搂入怀里，好像并不担心伊雪熙会把他的能量吸光。

Chapter 04
一千零一夜

1.

伊雪熙没有再说夜烽的父母不希望被他找到的话了，因为在这个屋子里找不到其他线索，夜烽已经提议离开。

踏出旧屋的一刻，伊雪熙看得出他的背影是沉重的。

夜烽仿佛不想在这个城市多停留片刻，傍晚就动身返程了。

因为这里是群魔聚集的市区，没有巴士会经过，也没有出租车愿意进来，二人必须走到邻市才能坐车回伊雪熙的家。

在夜里行走，心有余悸的伊雪熙不敢离开夜烽半步，虽然少年的元气没有完全恢复，但起码可以互相照应。

月朗风清，本是一个很好的夜晚，但伊雪熙实在不明白夜烽为什么选择走进森林里，尽管是捷径，不过要对付可能出现的野兽也是很吃力的。

“夜烽，为什么你要选这条路？”伊雪熙已经是第三次发问了，夜烽一直没有回答。

这一次，夜烽犹豫了半晌，终于翕动那张黄金嘴巴了：“怎样？你害怕吗？”

当伊雪熙期待会得到答案时，夜烽居然还是没有向自己坦白，这种神秘感令伊雪熙越来越忐忑不安，她开始怀疑夜烽走进来的目的。她并不害怕元气没有恢复的夜烽，她害怕的是暗地里的敌人。

“察觉到了吗？”看见伊雪熙屏气摄息的神色，夜烽终于揭开了谜底。

其实伊雪熙本来不知道，但经夜烽一说，她恍然大悟，整个人立刻警戒起来！

“电筒！”夜烽突然命令道。

伊雪熙立刻从包里抽出自从认识夜烽之后就会随身携带的电筒，因为在没有光芒之下，它也可以令敌人的影子露出原形。

“指向9点钟方向！”夜烽提示一声，伊雪熙跑到9点钟的方向侧面，把光源射向敌人背后的不透明物体！

夜烽冷哼一声，突然闪烁到9点钟方向，猛地踩住一个暴露的投影。

“你是从群魔市旧牌坊出口开始跟踪我们的吧？”夜烽一语惊人，伊雪熙迟疑地发现眼前这个长得像人类一样却散发着淡淡妖气的男子竟然一直跟踪他们。

男子没有回答的意思，见状，伊雪熙便从口袋里找出一颗药丸，欲塞进男子口中时，夜烽的背后却突然出现了一个同样的身影，伊雪熙大惊失色，立刻高呼：“小心！”

夜烽猛然回头，一个奇怪的招式突然袭来。男子以掌为武器，掌内有一个奇怪的红印，看起来就像僵尸道长画的符咒。夜烽疾速躲开，双脚脱离了影的瞬间，刚才被控制的男子竟然也消失了！

夜烽和伊雪熙震惊地看着男子，他的确是刚才被控制的男子，但为什么同时出现了两个一样的人？

难道是——

当夜烽的想法浮现后，男子已经迅速化成七个一模一样的身体，而且交换了位置，令人分不清哪个是真身。

“哼，原来懂得分身术，但我管你有多少个分身，一口气把你杀光！”夜烽把灵剑张开，注入全部灵气，因为他知道自己已经没有元气跟他慢慢对抗了。

夜烽的长剑横向一扫，宛若月亮的半圆把七个敌人的身体顿时割成两半！

眼看敌人全部倒下，夜烽不得不虚弱地把长剑插入泥土，支撑着站也站不稳的身躯。

松了一口气之后，伊雪熙立刻跑到夜烽身边，从包里找出一颗白色充满药材气味的药丸，不禁露出担忧的气息："你还撑得住吗？先吃一颗我父亲做的灵丹吧，能有效补充元气。"

夜烽望了伊雪熙一眼，仿佛有点戒备："既然是灵丹，昨晚你为什么没有给我吃？"

"真是的，我要杀你一刀就砍下去了，还要用未必可以毒死你的药去害你吗？你把我家的宝贵植物都杀光了，我的灵丹是由珍贵植物提取出来的，那些植物养得好的话一年才能开一次花，精华都在花里面，现在你知道我的灵丹有多宝贵了吗？"

夜烽冷冷一笑，仿佛在讽刺自己，随后又一手把伊雪熙的药丸吞进喉咙。

可是未等夜烽吸收这些灵丹的力量，一排敌人就从树林里冒了出来，宛如队列一样包围了二人！

"是刚才那个男子？我们不是杀了他的真身吗？怎么……"伊雪熙震惊地扫了这些人一眼，完全看不出他们有什么不同。

"用光！分身没有影子的！"夜烽立刻提示一声。

伊雪熙扫了他们一眼，发现他们真的全都没有影子。伊雪熙急不可耐，立刻拔剑，欲跟这群分身抗衡时，一阵清澈的声音突然穿透森林："那个不是真身，真身在你后面！"

伊雪熙来不及辨认真伪，立刻转身，一群分身同时汹涌而上。

"是你面前那一个！"那声音再次给伊雪熙提示，伊雪熙下意识使出夜烽惯用的招数，猛地踩正对面男子的影子。

突然，男子惊骇地定格在原地，其他分身也同时动弹不得。

伊雪熙不知道自己是怎样捕捉对方的影子，刚才心里有一股奇怪的力量，宛若无形的丝线一样缠绕了脑海里的幻影，然后心神合一，利用这股突然而来的力量就踩住了对方的影子。

见状，夜烽命令道："把他的影子劈开！"

伊雪熙一听，毫不犹豫地向踩在脚下的影子狠狠一劈，可是敌人的身体并没有像想象中那样断裂，反而把影子和定身咒的束缚劈裂了。

"你不是复制了我的能力吗？怎么只有半桶水？"夜烽焦急地埋怨一声，现在的他根本无法利用瞬间转移的速度，甚至连剑也抬不起来。

伊雪熙无法向两米远的敌人进攻，眼看敌人从束缚中一点点地解脱，一个身穿白色T恤的少年突然扑过来，一手抢过伊雪熙的灵剑，带着恐惧的尖叫和不得不杀的信念把男子狠狠劈开。

灵剑把男子的上身劈成两半，眼看男子失去了反抗能力，少年才惊骇得坐倒在地上。

伊雪熙放开定身咒的束缚，好奇地跑上前。当她发现了一张熟悉的侧面时，顿时震惊得三魂出窍！

夜烽撑着软弱得快要垮掉的双脚，一拐一拐地走到伊雪熙身边，当他发现了那张令人心有余悸的俊脸时，也震惊得瞠目结舌："凉以凡？你为什么会在这里？"

伊雪熙把凉以凡扶了起来，看见少女担忧的神色，凉以凡强逼自己镇定下来，说道："那天我打算找你去看表演，但你不在家，手机也关了，后来我怕你会出事所以来找你了。"

"但你怎么知道我在这里？"伊雪熙继续好奇地发问。

凉以凡抿了抿唇，内心好像经过了很长时间的挣扎，又望了望夜烽，但他发现夜烽不会把私人空间留给自己和伊雪熙，唯有

坦然说道："我的眼睛好像有一股特别的力量，它会指引我找到你的气息。"凉以凡顿了顿，再次大胆地向夜烽探问道，"但我看见你刚才跟那个会分身的人打斗，看起来你也不是普通人类吧？"

面对凉以凡的攻击，夜烽讽刺一笑："你的雪熙也不是普通人啊！"

"夜烽！"伊雪熙瞪了夜烽一眼，但当她看见凉以凡好奇的目光时，她发觉自己的秘密已经不能再隐瞒下去了，"他说得对，我的确不是普通人，我父亲是个毒药师，我也精通毒药。对了，以凡，为什么你刚才可以辨认得出哪个是真身呢？难道是因为你的眼睛？"

凉以凡点了点头，脸上抹了一层自卑的色彩："我刚才看见那个人跟其他分身不一样，其他就像灵魂一样虚无地存在着，他却是很真实存在的。"

伊雪熙之前也怀疑过凉以凡不是人类的事，但后来担心这个想法会令他不安，也没有怎么研究，现在凉以凡的力量令伊雪熙再次好奇起来，难道凉以凡也是可以打开黑夜流沙通道的其中一人？不！她不可以往这个方向想，那只会害了他。

夜烽现在的身体很需要休养，于是伊雪熙和凉以凡提议今晚暂时在森林里休息，天亮了再出发。

夜烽睡在伊雪熙的左边，眼睛疲惫得合上了，脑海中却一直在担心刚才的事情。那个男子是谁？他为什么要跟踪他们？难道他还没有把暗连城的人杀光？

背对着自己的伊雪熙好像没有为此事感到担忧，连续几天没有休息的疲惫让她睡得很甜，连凉以凡偷偷转过身来也没有发现。

此时此刻的伊雪熙，像一个幸福的公主，忘记了刚才惊心动

魄的危险，进入了甜蜜的梦乡。凉以凡偷偷伸手拨弄着伊雪熙的秀发，身体不禁向前挪动了一下。不受控制的手缓缓滑落到伊雪熙的纤腰上，看着少女依旧沉浸在美梦里，放肆的让他靠得越来越近了。

凉以凡真想抱一抱她，虽然这在现实中不可能发生，但现在可以偷偷摸摸地完成自己的梦想。

凉以凡给了自己一个大大的理由，放宽了道德观念，胸膛轻轻地贴在伊雪熙的小脸上。像这样把她拥入怀里是第一次，也许也是最后一次，欲望让凉以凡闭上了眼睛，不受控制的思绪偷偷深入伊雪熙的梦境。

也许，在她梦里的人不是夜烽。凉以凡只有这么简单的期望。

真的，凉以凡真的不敢奢望什么，可是当他带着渴望深入伊雪熙的梦境时，却发现梦境里的少女竟然抱着自己送给她的小丑熊玩偶，坐在公园的秋千上，旁边跟他一起摇晃的人是自己！凉以凡万万没想到自己可以出现在伊雪熙的梦境里，当他贪婪地凝视着伊雪熙那甜美如画的笑容时，薄弱的能力却让梦境渐渐消失在脑海里。

凉以凡不曾熟悉自己的奇怪能力，所以他也没有自信去确认那个美梦的真假。

感觉到自己无法继续读取伊雪熙的梦境时，凉以凡缓缓睁开眼睛，低头看着怀里的可人儿，欲望却再次汹涌到大脑。凉以凡不禁小心翼翼地低下头，胆怯的神经却让他停滞了一下，然后又前进了，反复犹豫了多次，凉以凡还是忍不住凑近了那两片可人的桃唇。

“你敢再靠近一点我就杀了你！”突然，凶狠的声音响起，沉醉的凉以凡迟疑地感受到肃杀的气息。

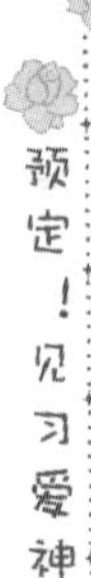

凉以凡下意识撑起了身体，首次勇敢地跟夜烽对视。

夜烽做了个手势，示意让凉以凡跟自己走到角落，以免打扰熟睡的伊雪熙。

在昏暗的黑夜里，凉以凡看不穿夜烽的眼神，但刚才那肃杀的气息已经消失了。

“我是她的未婚夫，你要接受这个事实。”夜烽说话很尖锐，语气却格外的温柔，比平日冷冽的他温柔许多。

“我从来没听说过雪熙有未婚夫，而且她也不承认，为什么……”凉以凡极力支撑着这个一下子就会倒下的场面。

夜烽一眼便看穿了他的心虚，利落地吐出尖锐的声音：“不要死撑了，我知道你相信。我跟她很久以前就订下婚约，只是她最近才知道，一时之间难以接受自己有一个未婚夫而已。”

“最近才知道？为什么？你凭什么要我相信？”

“我没有要你相信，但伊雪熙相信，她只是在掩饰而已。她父亲失踪了的事情你不知道吧？我们已经住在一起你不知道吧？她也是一个人不像人、鬼不像鬼的妖怪你不知道吧？”

凉以凡被震撼了，惊讶地愣在原地，却无力反驳。

“这么多秘密你不知道凭什么跟我争？更何况我都不需要争，我们的婚约是她父亲订下来的，我知道她很爱她的父亲，她不会违抗父亲的命令，只要成功找到她的父亲，我们就会结婚了。”

“真的是伯父订下的婚约？你都说伯父失踪了，这是你的谎言也说不定，不，我看雪熙是被迫的吧？她一定不愿意嫁给你！”凉以凡拼命摇头，极力沉浸在自我催眠的状态里。

“凉以凡，你回去冷静思考一下再跟我说话！”夜烽不耐烦地低喝起来，“我不想杀你，但你不要逼我。”

这一刻，凉以凡终于看清楚夜烽的表情了，那是一种自己的

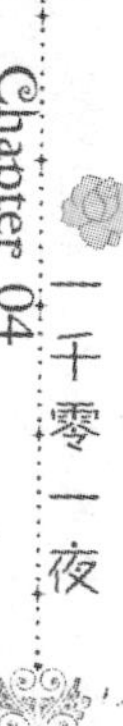

东西被抢走的愤怒。凉以凡好像被泼了一盆冷水般，明白了自己的位置，只是在接受与抗拒之间拼命抵抗着。

2.

“雪熙，你们为什么要来这么恐怖的地方？我听说这附近就有一个群魔聚集的城市。”走在回家的路上，凉以凡跟伊雪熙下意识地走在一起，本来夜烽不想花心思去理会，但这一句话突然挑拨了他敏感的神经。

伊雪熙担忧地回头一看，只见夜烽的脸上挂着凝重又愤怒的神色，伊雪熙便向凉以凡尴尬地笑了笑，掩饰道：“没什么，有点事情而已。”

凉以凡察觉到伊雪熙的不安，没有继续问下去，转换了话题，刻意高调地问道：“对了，雪熙，我送给你的小丑熊玩偶放在家里了吗？我都忘了拍照留念，等一下可以去你家拍吗？”

像孩子一样的问话攻击到夜烽的防线，忍耐力极低的夜烽大步踏上前，一手搂住伊雪熙的肩膀，向凉以凡微微切齿地喝道：“我们家不是什么人都可以去的，还有那个东西我回去会扔掉，拜托你以后不要随便送东西给我的未婚妻！”

夜烽刻意高调地声明那三个字。

伊雪熙欲拉开夜烽的大手，又害怕会惹来更多的麻烦，只能狠狠地瞪了他一眼。

凉以凡咬了咬下唇，不忿地反驳道：“怎么说那也是已经属于雪熙的东西，就算要扔也该由她扔掉啊！”

伊雪熙突然找到出口，甩开夜烽的大手，附和道：“对啊！无论怎样我都有自主权，那是我的东西，你敢碰它我以后都不回家！”

“好啊，不要回来了，等你父亲回来了你都用不着回来！”夜

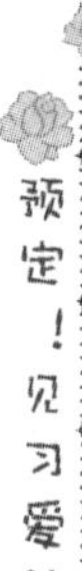

烽一针见血，把伊雪熙气得火冒三丈。

伊雪熙拉住凉以凡的手臂，加快了前行的速度，像孩子一样远离夜烽。

二人走在一起，伊雪熙的纤手下垂了，虽然没有什么亲昵的举动，但远远望过去，夜烽却清清楚楚地感受到自己就像异世界的人。

莫名的距离把夜烽的脚步拖慢，他们的距离越来越远，黑夜再次降临，夜烽就像一个被遗弃的孩子，再次被不知不觉地遗弃了。

回到伊雪熙的家里，夜烽感觉到里面有快门的声音，有欢乐的笑声。那是一种感觉，其实他听不见，也分不清。

夜，渐渐拉下帷幕，天空很黑很沉，好像就要压下来一样。

大屋里的灯一直没关，夜烽的脑海依旧模糊，可是却萌生了一种不知道是欲望还是勇气的东西。他大步走进屋子，越过重重的植物，刚好看见伊雪熙的房间门马上要被关上。

见状，夜烽立刻跑上前，大手伸入缝隙，阻止了门被关上。

伊雪熙愤然拉开大门，瞪着他，却不说一句话。

夜烽笑了，带着宛如猫儿般狡猾又迷人的笑容："这么晚都不睡，在等我回来吗？"

他猜错了，看来凉以凡不在这里。

"谁要等你？我只是起来喝水而已。"

"你起来喝水要喝几个小时吗？灯都开了很久了。"夜烽勾起讽刺的笑容。

伊雪熙一听，愤然作色："夜烽，你居然在外面监视我？好卑鄙耶，你心里到底藏了什么东西？怎么这么恐怖？"

"凉以凡不是说要来你家拍照吗？我只是想知道我的未婚妻有没有出轨而已！"夜烽没有感到一点愧疚，反而理直气壮。

“你不要这么嚣张，等我找到你的家人之后我们就解除婚约了！”伊雪熙高调地怒喝一句，欲关上门之际，夜烽却一手推开了木门，把伊雪熙压在墙壁上！

伊雪熙大惊失色，震惊地凝视着夜烽，宝石般的瞳孔微微颤抖。

夜烽狠狠瞪着伊雪熙，一直抿着双唇不说话，身上散发的杀气令人不敢反抗。半晌，夜烽突然翕动仿佛已经缝合了的薄唇，用力吐出低沉的命令：“我不要你帮我找他们了，我们取消之前的约定吧！”

伊雪熙微微一愣，她大胆地反抗道：“我不要！”

简单的三个字，好像火焰一样点燃了炸药。夜烽怫然作色，猛地低头咬住她瑟瑟发抖的桃唇，强悍的力量迅速吞噬了伊雪熙的呼吸，少女只能用支吾的声音去挣扎，双手却被紧紧钳制在墙上动弹不得！

当伊雪熙放弃了挣扎的瞬间，夜烽缓缓抽离了那两片有黏力的桃唇。

伊雪熙立刻睁开眼睛，用一种讽刺的目光盯着夜烽：“你为什么要在外面等？你为什么在乎以凡是不是在屋子里？你喜欢上我了，对吧？”

“你真的很嚣张。”夜烽有点哭笑不得。

“那又怎样？”伊雪熙傲然一笑，突然踮起脚尖，露出细小的獠牙，狠狠在夜烽的脖子上咬下一个新的烙印。

那一瞬间，夜烽有一种血液被抽取的感觉，当伊雪熙的牙齿离开了自己的脖子后，不禁伸手摸了摸脖子上的伤口，疼痛是真的，手上沾了几滴鲜红的血。

“我这么嚣张你为什么不杀了我？杀了我你就不用这么烦恼了吧？”伊雪熙继续发出不知死活的挑逗。

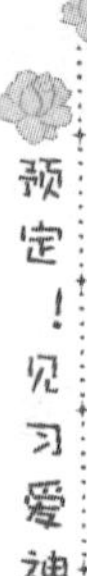

夜烽看了看手上的血，又望向伊雪熙，震惊地问道："你为什么会吸血？这个不是吸血鬼才会做的事情吗？普通人类的牙齿怎么会轻易地把皮肤咬破？"

伊雪熙别过脸去，不想回应这个问题，夜烽却放肆地贴近，俊脸停留在跟伊雪熙只有一厘米左右的近距前，对着伊雪熙的桃唇呼出诱人却霸道的命令："告诉我。"

莫名的气息让人浑身酥软下来。伊雪熙失去了坚持的力量，不得不软弱地喃喃道："我父亲是吸血鬼……我母亲是一个人类，贵族人类，她因为不想变成妖怪才自杀的，他们是一段孽缘，明明相爱，却又假装不相爱。"

"哼。"夜烽冷笑一声，讽刺的语气把伊雪熙软弱的大脑狠狠敲醒了。

"你是不是因为父母才戴起这个面具？"夜烽放肆地说。

伊雪熙不甘示弱，以更高傲的语气反问道："你又为什么戴起这块面具？"

夜烽微微一愣，瞳孔在那个瞬间闪过一丝失落。

"你不喜欢被看穿，但被我看穿了，怎么办呢？"伊雪熙就在夜烽的怀下，她已经无路可逃，只要夜烽一生气，她的尊严或者生命就会终止，但她还是大胆地选择了挑衅。

结果，她成功了，夜烽退后了一步，侧身，默默地走出伊雪熙的房间，没有说过半句话。

回到房间里，夜烽关上门，关了灯，静静地坐在床上思考。

伊雪熙的嚣张，让他的脑袋清醒了。

伊雪熙复制了他的能力，如果伊雪熙可以以复制的能力来营救自己的父亲，那么伊雪熙迟早会杀了他，在被杀掉之前，他要首先把她铲除了！

3.

假期结束之后，只过了四天就又是周末了。这个令人心存怀疑的日子，伊雪熙一如既往地独来独往。

今年的天气的确很坏，已经 5 月份了，天空还是喜欢下雨。

雨点敲打窗户的声音变得越来越小，天色黑黑沉沉的，很久很久，伊雪熙才迟迟归来。

夜烽没有过问，却发现伊雪熙回到房间后小心翼翼地把一张似是电影票的东西夹到了书里。

翌日，伊雪熙在夜烽醒来之前就出门了，和往常一样，她的房间没有上锁，因为她知道如果夜烽想进去的话，上锁也没有用。

而这次，一向光明正大的夜烽却因为控制不住的好奇心，决定私下进入她房间。

如果他发现了什么令人气愤的事情，就可以狠下心肠杀了她。

可伊雪熙收藏的竟然是童话故事——《天方夜谭》。

夜烽比较喜欢“一千零一夜”这个名字，因为他曾经从母亲的嘴里听过这个故事。

在伊雪熙的房间里，除了那些麻木的教科书之外，就只有这一套课外书，它们被小心翼翼地珍藏着。

最近变得对周边事情也会留意的他，突然想起了戏院刚上映一部翻拍《一千零一夜》的电影。

想到这里，夜烽立刻前往戏院。

《一千零一夜》电影偏文艺风，所以只有晚上 7 点的那一场。

好不容易熬到晚上 7 点，夜烽没有准时入席，迟了半小时。

当电影还有 20 分钟左右就会结束时，夜烽在角落里站了起来，开始找寻伊雪熙，因为他知道伊雪熙不会看结局，就如家里

那一套书，明明看到第一千个故事了，伊雪熙却把书签插在那页里，书签留在书本的印痕已经发黄了，她也没有去看。

伊雪熙买了一个不受欢迎的位置，那是正对着夜烽的另一个角落。

这到底证明她是喜欢孤独还是喜欢宁静呢？

夜烽静静地走到伊雪熙身旁坐下，空了大半场的位置突然有人霸占了，伊雪熙不禁好奇地侧过头来。

当她看见那张诡异却自信的侧脸时，眼睛瞪大了："你怎么会在这里？"

"那么你又为什么会在这里呢？喜欢这个童话故事？没想到你也会相信童话哦！"夜烽扬起灿烂的笑容，却掩饰不了那一点讽刺。

"我只是无聊才来，看电影总比在家对着你好！"伊雪熙气愤得猛然站了起来。

夜烽拉住她的纤手，命令道："坐下来。"

"干什么？"伊雪熙盯着夜烽，眼神有点焦急。

"你害怕看到结局吗？"

"谁害怕了？你不要无聊就找我发泄好吗？"

"你从来没看过结局对吧？你害怕国王最后会杀了宰相的女儿？"夜烽紧紧捉住她的手，没有放开的意思。

"夜烽，你真的很无聊耶！"伊雪熙没有为夜烽偷看自己的书而生气，只是焦急得有点掩饰脆弱的嫌疑。

"坐下来，我把故事结局告诉你。"夜烽的嘴角弯起温柔的弧度，令人很不习惯。

"我不要！"伊雪熙欲用力甩开夜烽的手，却被夜烽一手拉下来，坐倒在原来的位置上。

"如果你走的话，那就证明你害怕这个结局，而且结局在你

心里永远都是悲剧。”夜烽把二人之间的扶手拉上去，手放肆地游移到伊雪熙的肩膀上，轻轻把她搂入怀里，薄唇贴在她敏感的耳朵上：“想听吗？”

伊雪熙忍不住浑身一震，偷偷吸了一口气，冷冷道：“快说吧，说完放我走！”

“说完第一千零一个故事之后……国王爱上了宰相的女儿，所以没有杀她。”夜烽放开了伊雪熙的肩膀，低头凝视着她。少女的面容仿佛微微抽搐了一下，又迅速绷紧了神经，露出异常冷漠的表情。

夜烽失控地凝视着伊雪熙，冰冷的瞳孔泛起了令人模糊的波光：“如果……我能等你一千零一夜，你会不会毫不犹豫地爱上我？”

伊雪熙惊讶地望向夜烽，眼中荡漾的波光露出颤抖不稳定的神色。

夜烽猛然回神，发现自己说了一些连自己也无法相信的话，立刻站起身来。

当夜烽匆忙转身的一刻，伊雪熙那张不争气的嘴巴却发出沙哑而脆弱的声音：“或者……我会考虑一下。”

轻若无声的呼吸刚好传到夜烽的耳边，让他的双脚又回归到原来的位置，夜烽猛地捧起了伊雪熙的脸颊，没有轻举妄动，只是用一种百感交集的眼神凝视着她。

四目相对，伊雪熙瞳孔上的冰冷也渐渐融化了，淡淡的柔弱让人有一种想占有的冲动。

夜烽轻轻地凑近伊雪熙的脸颊，薄唇温柔地降落在她光洁的额头上，这个举动顿时让伊雪熙愣了愣，却没有像以前一样极力反抗。

驯服的宠物乖巧得让人加倍放肆，夜烽的薄唇随着电影里的

情节一样，轻轻滑落到她的鼻尖……嘴唇……

这一次，伊雪熙没有颤抖，静静地被那冰冷的薄唇一点点地吸吮，一点点地吞没……直到那不安分的温度探入舌头深处，伊雪熙浑身酥软无力，默默地接受被控制的命运。

随着国王的吻，电影结束了，灯亮起，路过的观众不约而同地望向这幅美丽的画面，谁也没有打扰他们，谁也没有讽刺他们，每个人的脸上都挂着一种宛似感触的微笑。这个，仿佛是刚刚看完艺术电影的后遗症。

他们都不习惯被祝福，如今却在不知情的情况下被默默祝福了。

4.

伊雪熙一向不喜欢走路，今夜她却穿着高跟鞋走了两个小时。她从来没有发现过穿高跟鞋的双脚会这么痛，却又忍住没有哼一声。

回到那条熟悉的道路上时，已经灯火阑珊。伊雪熙跟夜烽走在一起与和凉以凡走在一起不同，他们像两个刚相识的人，气氛很冷漠，夜烽无法像凉以凡那样给予她无穷无尽的话题，无法让她扬起灿烂的笑容，也无法让她找到脱离的借口。

踏入熟悉的家中，夜烽没有回到自己的房间，而是擅自走进伊雪熙的卧室。

不忿的少女立刻加快脚步拉住这个肆意妄为的少年："夜烽，你不要老是随便进女生的房间好不好？连基本的礼貌你都不懂吗？"

"你是我的未婚妻嘛，这点小礼节都要计较吗？"夜烽回头，一脸惊讶地看着她，让伊雪熙有一种莫名其妙的内疚。

得到胜利之后，夜烽怡然一笑，走到书柜前，他抽出伊雪熙

最珍爱的书籍——《一千零一夜》。

“夜烽！给我适可而止啊！”伊雪熙忍不住破声怒喝。

夜烽把书籍递到伊雪熙面前，格外温柔地说：“既然都看了电影版的结局，为什么不看一下书的结局？难道你还没有勇气吗？”

伊雪熙瞪了他一眼，一把抢过书，翻开从来不敢看下去的那一页。

伊雪熙忍不住感叹一声，她不知道自己从什么时候开始变得这么喜欢感触，但发觉这种感触其实也不错。伊雪熙缓缓侧头望向身旁的夜烽，她不再为了他放肆地坐在自己的公主床上生气，反而脱口问道：“夜烽，为什么你突然对我这么好？”

“很突然吗？”夜烽皱了皱眉头反问道，“难道我以前对你不好吗？”

“你说呢？”伊雪熙对这个白痴透顶的问题简直想翻白眼，可是汹涌澎湃的好奇心又让人不由得再次发问，“你……是不是会等我一千零一夜啊……”

尴尬不堪的少女不敢正视夜烽，也没有后悔自己冲动的话，只是低着头，脸颊泛起了两片醉人的嫣红。

“一千零一夜……那几乎是三年的时间哦……”夜烽低头看着伊雪熙，刻意发出诡异又摇摆不定的语气，“那么长久的事情，我不知道呢……”

“你——”伊雪熙愤然抬头，欲责备夜烽的无赖和不守承诺，却发现自己太过于冲动，于是又立刻低下头，尽管脸上的焦急和不忿早已无法掩饰。

“哈哈，我喜欢看见这样的你！”夜烽展颜一笑，轻轻抬起伊雪熙的下巴，像个霸道的君王。

伊雪熙愤然作色，打下夜烽的手，气鼓鼓地反驳道：“但我

讨厌！我讨厌你这种自以为是、目中无人、肆意妄为的人！”

“哦？难道你不是吗？”

“但我就是讨厌你！我讨厌你总是挑战我！”

“你觉得那是挑战吗？我觉得是怜爱哦！因为……”夜烽一把抱紧伊雪熙，再用明明神秘可怕却又散发着无法抗拒的诱惑的眼神看着她，“你永远都不可能打败我，所以我从来没有想过要跟你斗！”

伊雪熙一听，立刻用双手撑住夜烽的胸膛，欲把他推开，夜烽却加大力度向她靠过来，放肆地朝她的嘴巴吻下去。

他的嘴唇像最初一样，带着磁性地吞噬了伊雪熙的灵魂，紧紧粘着不放，就算知道是一个深渊，依旧会引诱别人麻木向前。

放肆的少年仿佛不甘于现状，缓缓让伊雪熙倒在床上，被压住身体的感觉叫人更是难以抽离，但是脑袋刚好碰到了床边的小丑熊，这突然让伊雪熙清醒过来！

少女猛地睁开眼睛，使出全身的力气推开夜烽。

不解的少年轻轻抬头，随即被小丑熊吸引了视线。夜烽微微切齿地瞪了“它”一眼，再向伊雪熙发出命令：“他不过是个小丑，我才是你的未婚夫，唯一配得上你的人。”

伊雪熙大胆地笑了，带着一丝耻笑的敌意。稍微冷静下来的大脑想到一个图谋不轨的画面，便讽刺地问道：“你要我看书，是不是为了这个目的？”

“我要吻你用得着耍手段吗？”夜烽不忿地反驳一句，低头想要再次强行吞噬伊雪熙的理智，可惜清醒过来的少女再也没有沉醉下去，放在夜烽胸膛上的双手开始挣扎。夜烽很不喜欢这种为了别的男人而挣扎的反抗思想，决不罢休的他立刻把薄唇游移到伊雪熙的耳朵上，想要制服她的理智。

伊雪熙也不是省油的灯，知道再这样下去她的理智只会渐渐

被毁灭，于是伊雪熙猛地把夜烽的身躯推开，反过来伏在夜烽身上，再用那疯狂的桃唇缠绕少年的薄唇。

少女带着胜利的笑容抬头，撑起身体，再瞪着夜烽反驳道："我是不会轻易被驯服的！"

夜烽忍痛笑了，无奈又兴奋。

伊雪熙一点都不敢松懈，直到夜烽走出房间听见关门的声音时，她才稍微松了一口气。

伊雪熙缓缓望向床上那个庞大的小丑熊，仿佛在担心小丑熊会被夜烽毁掉，夜烽之前说过的，再加上刚才夜烽的进攻是因为它的"阻拦"而失败。

伊雪熙看着这个木讷的玩偶，百感交集，尤其被那双温柔的眼睛凝视着，伊雪熙越来越感到心虚。

"你在责怪我对不起你，是吧？"伊雪熙忍不住对小丑熊道出心里话，脑海中又浮现出刚才那一幕。夜烽的吻，从额头到唇上——他从来没有这么温柔过，温柔得令人软弱下来。伊雪熙的手指不禁轻轻放在下唇，微微颤抖着。

"如果找得到他的家人，我就可以脱险了，那样我就可以来到你身边，你欢迎吗？"伊雪熙又伸手去抚摸小丑熊，那张脸颊随着伊雪熙的心情变得诡异起来，"你在笑我吗？呵呵，我真的很可笑，我到底在干什么？为什么我要卑躬屈膝？为什么我要迎合他？为什么我不可以反抗？"

伊雪熙突然打起精神，把小丑熊抱到床上，气鼓鼓地说："你是我的东西，为什么我要怕他毁灭你？他凭什么？"

伊雪熙咬紧微微颤抖的下唇，掀起被子为小丑熊盖上时，却发现有一张纸贴在小丑熊的脚底。

因为小丑熊的毛色是深棕色，所以这个浅粉红的信封让人一眼便注意到了。

伊雪熙怔了几秒，这个信封是用一张白色的心形贴纸贴住的，虽然很简单，却让伊雪熙想起了鞋柜里那个无聊信件。

这个信封和鞋柜里的信封为什么一模一样呢？伊雪熙惊醒的瞬间大惊失色，立刻拆开信封，却发现里面连一张纸都没有！

这是凉以凡故意贴在小丑熊脚底的吗？但为什么他没有留下任何内容？难道答案在鞋柜的信里面？

Chapter 05
一千零一天
结局

1.

小丑熊给她的提示让伊雪熙困扰了整晚，辗转反侧的她焦急如焚，好不容易才熬到天亮。

好像同样整夜没睡的夜烽也一大早就醒来了，只见伊雪熙在清晨6点便起床洗脸，夜烽不禁好奇地问了一句："这么早要去哪里？"

"上学！"伊雪熙随口丢下一句，然后跑进房间里换衣服。

这种速度，这种焦急，她肯定有什么秘密！

伊雪熙换好衣服之后，站在门外等候的夜烽一把捉住她的手腕，好奇地责问起来："伊雪熙，你肯定有什么事，平日为什么没有这么早上学？"

"放开我！我不喜欢看到你所以才想早点上学，这样可以了吧？"伊雪熙急得什么秘密也藏不住。夜烽不相信她的说法，也知道她不会轻易透露，与其这样浪费时间，倒不如自己寻找真相。

夜烽没有再说一句话，只是默默松开了握紧伊雪熙的手。少女见状，立刻飞快地走出屋子，没有发现自己已经露出了"狐狸尾巴"。

夜烽也迅速换了衣服出门，沿着伊雪熙上学的路线走。

夜烽的速度比伊雪熙快很多，所以伊雪熙走到学校大堂时，夜烽已经站在不显眼的角落里等她了。她看起来真的很心急，完全没有察觉到夜烽的影子，明明累得拼命喘气，却依旧带着不可

松懈的速度跑向储物柜方向。

其实大家都把这里当做储物柜，只有伊雪熙一个人把它当成鞋柜。伊雪熙焦急如焚地把手中的钥匙乱插一通，好不容易才打开了柜子，所幸昨天没有换鞋子，信没有被弄丢。

“怎么突然紧张这些信了？你不是说很无聊吗？”神出鬼没的夜烽突然靠在柜子旁，冷冷地问道。

伊雪熙好像完全脱离了现实世界，没有被夜烽吓倒，也没有在意他的话，只是手忙脚乱地把信件拆开。

幸好皇天不负有心人，里面的确装了一张简单的信纸，纸上也只有一句话：“今天是我暗恋你的第一千零一天了，之前我会常常怀疑自己，或许是你看见了信里面的内容而假装不知道，但今天我重拾了信心，如果你看见这封信，会像《一千零一夜》里面的国王一样爱上我吗？”

“这字迹……”伊雪熙虚弱的双手沉沉下坠，视线也同时模糊起来。

“以凡……以凡！”当伊雪熙惊醒的瞬间，手里的信件却被突然抢走了！

伊雪熙惊骇侧头，仿佛到现在她才发现夜烽的存在。

“这封信是凉以凡写给你的？”夜烽把那粉红色的信件握在掌心，眼看就要把它捏成破纸团。

“还给我！”伊雪熙已经没有心情跟他谈判，急不可耐地怒喝而出。

夜烽不禁皱起了眉头，轻眯着眼睛去打量此刻焦急如焚的伊雪熙：“你就这么紧张他吗？”

“是！”伊雪熙想也没想便脱口而出。

“伊雪熙居然说这样的话？看来这封信的力量果然很大啊！”夜烽的拳头握得更紧了。

伊雪熙愤然跑上两步，捉住夜烽的手，极力拉开他有力的手指。

夜烽捉住伊雪熙的手腕，把激动的纤手拉开，然后用灵气一下子把信件融化了。

“夜烽！”伊雪熙歇斯底里地大喝一声，激动的拳头拼命捶打着他的胸膛，又迅速变得虚弱无力，“浑蛋！浑蛋！浑蛋！”

“不就是一封信？有什么了不起的？凉以凡写的又怎样？我是你未婚夫，我喜欢烧就烧！”夜烽也有点急了，愤怒的话没有经过思考便脱口而出。

伊雪熙再次捶打了夜烽一下，痛心绝气地喝道：“你一点都不明白我现在的心情，你凭什么毁掉我的信？那是以凡爱我的证据，他爱我！他说他暗恋了我一千零一天了！”

夜烽紧紧抿住双唇，一时之间竟然找不到反驳的话。

“我不管什么约定，我要跟你划清界限，彻彻底底！”伊雪熙喊出五内俱崩的话，愤然转身。

见少女就要在眼前消失，夜烽的话才问出口：“你想去找凉以凡吗？”

“不关你的事！”

“你想去告诉他，你现在才发现这些信是他放进你鞋柜的吗？那又能证明什么？他能代替我的位置吗？他能当你的未婚夫吗？”夜烽没有打算顾及伊雪熙的感受，字字见血，如刀般锐利。

夜烽的话狠狠地把她麻木的脑袋敲醒了！伊雪熙突然发现自己的位置，就算自己说要划清界限，但事实并不可以这样，她至少要解决自己和夜烽的问题才可以跟凉以凡坦白说出自己的心意，不然凉以凡就会变成无耻的第三者了，她又怎么舍得让他背上这样的罪名呢？

2.

伊雪熙不想再看见夜烽，或许她会为了逃避而旷课，但在这之前，夜烽却逃学了。

夜烽再次来到那个无法忘记的山巅上。他曾经在这里逃脱了暗连城的魔掌，曾经在这里杀了一百多条生命。

夏日，光秃秃的山头却冷风呼啸，宛如一把又一把可以穿透身体的刀刃，冷得心脏都刺痛起来。

空白的脑海中渐渐浮现出一幕幕不该拥有的回忆。从那个温馨的家园，直到布满妖怪的巢穴，再到尝试杀人，然后习惯了杀人……

当他发现家人已经从原来的家园搬走之后，他便迷途了，他不知道自己在追求什么，好不容易现在生活好像有了一点乐趣，怎么这颗心又感到了原有的空虚？就像现在站在这个荒芜的山头，一切都是空荡荡的，没有回忆，没有未来，也没有追求的必要。

“终于来了？浑蛋，你知道我在这里等了你多长时间吗？”突然，一阵气鼓鼓的声音从空荡的背后响起，麻木的神经突然抽搐起来，夜烽下意识地带着望眼欲穿的兴奋回头。

那声音不是幻觉，的确是一个少女，只是跟伊雪熙长得完全不相似而已。

夜烽失望地低下头，连喊也没有喊她一声。

“呀！我在这里等了你一个月，你居然用这种表情招待师傅？”小烟气鼓鼓地叉着腰。

夜烽又回过头去，望向远远的天空，没有哼一声。

见状，小烟的怒火熄灭了，她走到夜烽背后，降低了声音，语气也变得温柔了：“好了，我不跟你计较，接下来要去哪里？我陪你吧。”

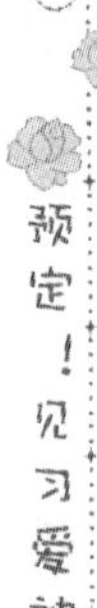

“你走吧，我想一个人冷静一下。”

“这是什么话？我可是你的师傅耶，当然要跟你在一起了！”

“我不要当你徒弟了，你走吧！”夜烽的声音已经有点不耐烦了。

“你都还没有打赢我，凭什么不当我的徒弟？”小烟极力反驳道。

“不是我没有能力赢你，只是我不想赢你而已，难道你连这么简单的问题都不明白吗？”夜烽转身皱着眉头看小烟。

“哼！既然你这么有信心，我们就来一场！你要是真的赢了我，才能不当我的徒弟！”

夜烽又气愤又无奈，见小烟神情坚定，不得不答应她的无理要求，便立刻采取了行动，低头望向小烟的影子。

见状，小烟退后几步，然后全神贯注，用念力会聚四面八方的瘴气，让凝聚的气息化成一层浓浓的烟雾，遮掩了夜烽的视线。

小烟的能力虽然不强，但她最喜欢学新招，这个也是夜烽没有见过的招数。不过就是一个迷魂雾而已，夜烽一点也不稀罕这个新能力。

夜烽虽然很不耐烦，但也没有杀小烟的意思，只是把灵气会聚在右手，向外一扫，把瘴气都挥走了。出乎夜烽意料的是，烟幕稍微散去之后，他竟然看见好几个小烟！

几天前才体验过分身术，夜烽对此已经不感惊讶，低头扫了这些“小烟”一眼，然后发现了一个倒影。

夜烽傲然一笑，猛地闪烁到倒影面前，一脚踩住猝不及防的小烟的影子。

“你的道行还不够，我之前遇到一个会分身术的杀手比你强多了，他可以连分身的影子都复制出来。”夜烽先是讽刺一句，

随即想起了杀手与小烟的这个共通点，便带着责问的语气说道，“对了，分身术好像不是很多人懂得，那杀手该不会是你派来的吧？”

“切！我才没这么无聊，更何况我们那儿很多高手都懂得分身术，那是我们的一门绝技。”小烟无法反击，唯有用不忿的语气表示自己的态度。

夜烽冷冷道：“我现在打败你了，不要再跟着我了。”

小烟愤然转身，拦截了夜烽的去路：“不行，我要跟你在一起！”

夜烽冷眼盯着小烟，半晌，他推开小烟的纤手，大步走开。

焦急如焚的少女猛地跑上前，冲动地从后面抱住夜烽，顿时令少年惊讶得停下了脚步。

“夜烽，不要走，我说我要跟你在一起，不是我要跟着你，是我要当你的爱人！”小烟把脸颊埋在他矫健的背部，双手把他的腰搂得更紧了，仿佛生怕只要一放松，他就会从空气中消失一样。

夜烽低下头，看着这双霸道的纤手，狠心地回绝了小烟的真心：“小烟，你走吧，我不会爱上你的。”

“我早知道你会这样说！”小烟又抱紧了一点，好像在努力掩饰瑟瑟发抖的失落。她偷偷吸了一口气，却无法让泪水倒流回去，反而沾湿了夜烽的衣服。悲痛汹涌而上，小烟索性哗然大哭起来。

夜烽无奈地叹了一口气，把小烟的双手拉开，转身，冷冷地盯着她：“回家吧，流浪不适合你。”

“我不回！我的脑海里全是你，你叫我怎么舍得回去？”

“但是我也帮不了你。”夜烽发出无奈的声音，他认为自己没有发脾气已经是尽力回报这位“师傅”了。

“我不管，总之我要跟着你！”小烟擦干眼泪，坚强起来。

“你跟我没关系，不要跟我住在一起！”

小烟扁了扁唇，气鼓鼓地怒喝道：“切！你以为我有这么低档吗？”

夜烽笑了，虽然有点讽刺，但总算恢复了一点生气。

“对了，你这段时间去哪里了？”小烟跟上夜烽的步伐，“你该不会去了那个玄邪的家吧？”

夜烽微微一愣，犹豫了一下，轻若无声地喃喃了一声：“嗯。”

小烟大惊失色，欲脱口大骂时，又突然冷静了下来。她在仔细观察夜烽的神色，她还是第一次看见情绪低落的他。难道他看见了玄邪的女儿？他们之间发生了什么？为什么夜烽竟然心事重重的样子？不，她一定要深入虎穴调查清楚，她绝对不容许那个女人走进自己的生活！

3.

放学的铃声一响，人群回散，教室里只剩下一个少女坐在窗旁的桌前，默默凝视着远方，宛似一幅苍凉却依旧美丽的油画。

红眼少年悄悄踏入教室，平日敏感的少女却没有察觉到他的靠近，直到一只小丑熊手机绳摇晃在她眼前。

伊雪熙惊讶回神，才发现那台熟悉的手机上挂着一只迷你小丑熊，还有那个站在不远处挂着温柔笑容的少年。

见伊雪熙久久未能回神，凉以凡尴尬地放下手机，随后又把小丑熊拆出来：“如果你不喜欢我就丢掉吧。”

“不要！”伊雪熙心急地按住凉以凡的手，难得触碰的肌肤让二人感到火热的尴尬。

“我……不介意……”伊雪熙收回纤手，害羞地低下头。

“对了，今天夜烽怎么旷课了？”

“不知道，他是个怪人，我们不要理他。”一提起夜烽，伊雪熙的脸上就出现了烦躁不安的神色。

凉以凡担忧地抿了抿唇，挤不出一点幸灾乐祸的兴奋，不禁再次打扰道：“他不会出了什么事吧？”

“那个人这么讨厌，怎么你还关心他呢？”伊雪熙惊讶地望向凉以凡，“以凡，你心地这么好不会得到好报的，他某天看你不爽可能会对你不利呢！”

“他说过他不想杀我。”凉以凡苦笑一声，“不知道为什么，后来想想就觉得他并不是那么坏。”

伊雪熙叹了一口气，再道：“好了，难得今天他旷课，我还希望他永远不要回来呢！我终于可以清静一下了！”

“那……不如我们今晚一起吃饭？”

突然而来的邀请让伊雪熙惊讶得有点措手不及，但她明白凉以凡的性格，要是自己犹豫的话，他一定会很失望，于是伊雪熙立刻挤出一个答案：“我可以去你家吃饭吗？”

凉以凡惊讶一愣，面对伊雪熙突然而来的温柔，有点难以招架。

“我……我是想父亲失踪了那么久，我好像很久没有跟长辈吃过饭了，所以……”

“可以！当然可以了！我早就把你当成家人了！”凉以凡灿烂一笑，仿佛不再害怕多说多错，帮伊雪熙提起包走出教室。

跟凉以凡认识三年，从初二他转校过来之后就认识了，可是伊雪熙还没有来过凉以凡的家。

踏入陌生的房子，看见一个和蔼可亲的妇人，伊雪熙竟然不知道如何跟她打招呼，只能尴尬地点点头。

见状，凉以凡替她澄清：“妈，她叫雪熙，是我从初二到现

在的同学，她平时说话比较少，所以……"

"没关系，没关系，以凡还是第一次带女生回家，不，第一次带朋友回家呢！来，进来坐吧！哎呀，以凡没提前告诉我有朋友来，我打电话叫他爸爸多买点菜回来。"

"啊？不……不用，我吃得很少。"伊雪熙尴尬得结结巴巴的。

"没关系，第一次来我家吃饭肯定要好好招待你的。"凉以凡把伊雪熙的包放在沙发上，手不禁下意识地伏在伊雪熙的背部，带动她往楼梯方向走去，"我带你参观一下我家吧，什么都不做等吃饭会很闷的。"

看见这幅亲昵的画面，凉母兴奋地拿起手机，拨打丈夫的电话，她要第一时间告诉丈夫，孩子长大了，带了一个很漂亮的女朋友回来。

凉以凡的家有三层，这里是一个不错的地段，房子也比较新，但它的设计很老套，就像三四十年前大屋设计的那样。二楼有两个房间，一个是他的，另一个却紧闭房门，透着神秘的气息。

当凉以凡走进自己的房间时，伊雪熙还是呆呆地站在另一扇门前，凝视着角落那个被遗忘了的房间。

"雪熙，怎么了？"凉以凡发现伊雪熙的怪异，回头问道。

"那个房间是放什么的？"本来伊雪熙并不是八卦的人，但这个屋子的设计实在让她想起了一些不该想起的事情，或许是她太想尽快找到夜烽的家人了，不然为什么来到凉以凡的家，她还在想着夜烽的事。

凉以凡的脸色变得有点苍白，他犹豫了很久，才虚弱地喃喃道："没什么，那个是杂物房。"

"杂物房？"伊雪熙狐疑地看着凉以凡。

心虚的少年愣了愣，脸色变得更难看了。

“以凡，为什么你要骗我？难道有什么苦衷吗？”伊雪熙看穿了凉以凡的不安。

凉以凡苦笑一下，说道：“那是留给我失散多年的哥哥的房间。”

“什么？你有哥哥？怎么我没听说过？”伊雪熙大惊失色，心脏像掉了下来似的，脑袋一片空白。

“其实我没有告诉你是因为我父母说过不要把我有哥哥的事情告诉外人，不过你不是外人。”凉以凡不禁偷偷伸出手，欲握住伊雪熙的纤手，却又胆怯地收回了。

伊雪熙甜美一笑，仿佛忘记了刚才的恐惧。

“你想看的话我带你去看吧，其实也没什么。”凉以凡下意识地牵起伊雪熙的纤手，带她走进那个已经被遗弃的房间里。

房间的摆设跟十年前喜欢的摆设差不多，这里只有一张适合小孩睡的单人床、一个书柜、一张书桌和一些玩具。伊雪熙对这个似曾相识的摆设并不敏感，因为她认为几乎每个普通人家小孩的房间都是这样摆设的。

凉以凡满怀感触，走到书桌前，拿起了一个高达玩具：“我跟哥哥是双胞胎，所以妈妈总会买一模一样的东西给我们。”

“双胞胎？”伊雪熙突然对这个词语感到惊讶，她把脑海里的人跟凉以凡对比了一下，发现二人长得一点也不相似，便松了一口气。

“嗯，我跟哥哥长得一模一样，不过我们的性格有天壤之别，他很勇敢坚强，我却经常需要他保护，大家一看眼神便分得出来我们谁是谁了。”凉以凡弯起苦涩不堪的微笑，沉重的目光停滞在玩具上，“哥哥失踪之后，我的样子就慢慢发生了变化，眼睛也从正常的黑色变成红色了，大家开始远离我，我们搬了又搬，

在哪个学校都待不长。妈妈连班都不上，一直在给我找医生，又在一些奇怪的书本里剪了剪报，可是我的眼睛一直都没好……”

剪报？伊雪熙的心脏再次被震撼了，但凉以凡低着头的失落让少女又迅速回过神来，她温柔地安慰道：“但你初二和高中都没有转校，看来已经可以稳定下来了。”

“那是因为我遇见了你。”凉以凡轻轻地转过身来，温柔的脸颊首次露出渴望的神色，嘴巴也微微翕动了，“雪熙……我可以抱你一下吗？”

伊雪熙惊讶一愣，来不及回神，脸颊已经泛起了两片嫣红。

唯美如画的诱惑让有力的双手不禁游移到伊雪熙的细腰上，凉以凡小心翼翼地把渴望已久的少女拥入怀中。

虽然轻轻地包围了公主的身躯，但凉以凡的双手还是禁不住颤抖。伊雪熙弯起调皮的笑容，纤手自觉地游向凉以凡的背部，但那裸露的脖子突然让伊雪熙的脑袋失控了！她记得自己曾经也这样被拥在某个人的怀里，她曾经踮起脚尖去咬破他的肌肤，可是她已经记不起当时有没有像现在一样不自觉地想把双手伏在他的背部了。

在伊雪熙没有抗拒下，凉以凡把她抱得更紧了，脸颊也放肆地埋在她光洁无瑕的脖子上，感受着这些年一直渴望的气息。

伊雪熙吞了吞口水，好不容易才挤出一点沙哑的声音：“以凡……如果要你在亲情与爱情之间作一个选择，你会选择哪一方？”

凉以凡惊讶一愣，不禁松开了怀抱，呆呆地望向伊雪熙。

“我知道这对于你来说是很难的问题，但我很好奇。”伊雪熙紧紧凝视着凉以凡，她不容许自己逃避，尽管她知道自己的怀疑没有根据。

百感交集的凉以凡紧紧凝视着伊雪熙，那双荡漾的瞳孔偷偷

暴露了一丝渴望，仿佛因为这一丝温柔，凉以凡便冲动脱口：“我或许会自私地选择爱情。”

伊雪熙扬起甜美却苦涩的微笑，百感交集，连自己也难以分辨自己的真实心情。

这一晚，这一顿饭，伊雪熙吃得很不自在，尽管嘴角一直是上扬的。凉父凉母都带着欣慰的笑容偷望伊雪熙，最后又带着无比甜美的笑容送她离开。

走在路上，平日话题不断的他们，今天却变得沉默了。凉以凡最初不明白自己除了兴奋之外还有什么，直到伊雪熙问了那个问题之后。

“如果让你见到失散的哥哥，你会认得他吗？”

“会！一定会！别说相隔十年，就算一辈子也认得！”

伊雪熙最近怪怪的，她好像有一些不可告人的秘密，凉以凡平日不会过问，但这一次，他的好奇心变得无法自控了。

当凉以凡把伊雪熙送到家里后，发现屋子里的灯是亮着的。

“雪熙，我送你进去吧。”凉以凡对这种情况有点担忧。

“没关系，我想应该是夜烽回来了。”伊雪熙尴尬地回应，却不敢正视凉以凡，生怕看见那失落的表情。

凉以凡点了点头，识趣地转身离去，尽管脑海里布满了令他焦虑不安的画面。

伊雪熙关上大门，默默走到夜烽的房间。

夜烽的门是关上的，伊雪熙推门而进，长廊上的灯光照射到房间里，伊雪熙隐约看见那个躺在床上，却用被子盖住了脸颊的身躯。

伊雪熙冷冷地说道：“夜烽，如果我找到你的家人，你要遵守约定，跟我解除婚约。”

夜烽不哼一声，整个房间变得倍加死寂。伊雪熙紧紧抿住双

唇，没有等夜烽回答便转身迈出脚步。

“你死了这条心吧！”夜烽在被窝里发出无比冷漠的声音，“就算找到他们，我也不会跟他们重聚！”

仔细一听，后面的话却牵动了伊雪熙的心脏，因为她从那讽刺的声音里找到了一丝伤感，虽然她不确定。

“为什么？因为你爱上我了？”伊雪熙鄙夷不屑地说。

寂寞的气息停留在这个空间里，伊雪熙隐约听见夜烽吸气的声音：“总之我不会跟他们相认的。”

“就算我真的找到他们？”

“对！”

伊雪熙深深吸了一口气：“我不管你答不答应，总之我会继续这样做！”

听见伊雪熙的话，夜烽突然掀开被子，一手把少女拉倒在床上，然后紧紧扣住那瘦削的腰间，让她没有撑起身体的力气。

伊雪熙的位置刚好正对着夜烽的脸颊，四目交接，那一瞬间她找不到游离的力气。

夜烽勾起坏坏的嘴角，邪恶的魅力弥漫了整个空间，紧紧包围了伊雪熙，令她浑身酥麻，欲反抗却连挣脱的神经也枯毁了。

当夜烽坏极了的眼神游移到那两片总在微微颤抖的桃唇上时，伊雪熙才豁然回神，微微切齿地警告道：“你敢再靠近一点，我就杀了你！”

夜烽讽刺一笑，露出雪白的贝齿，有一种与阳光气息完全不同的唯美。

这幅异常美丽的风景让伊雪熙感到浑身不安，甚至有点失措，她努力绷紧冷静的神经，怒喝一声：“不许笑！”

伊雪熙的命令响起，夜烽反而笑得更灿烂了，却掩饰不了那存在着坏坏思想的气息。夜烽又贴近了两厘米左右，停了下来。

"这样才像你。"夜烽的薄唇没有贴在伊雪熙的桃唇上，却在紧张得快要屏蔽的呼吸面前吐出清新的气息。

伊雪熙誓要让自己冷静下来，用尽力气把愤怒展现在眼神里，高傲地讽刺道："你是爱上我了，对吧？"

"你再说一句我真的不客气了！"

伊雪熙抿住双唇，不再哼声，乖乖地合上眼睛。不过就一夜而已，最后的一夜，就当做给这个未婚夫最后的补偿吧。

4.

她记得父亲说过："有些事情不一定说到就要做到，但有些事情说到就一定要做到。"

现在，伊雪熙终于体会到这句话的深意了。

父亲也说过："活在世上就应该学会自私，不管你是人类还是妖怪，都要学会自私地保护自己和自己想保护的人，尽管会带给别人很多伤害。"

伊雪熙记得当时很天真地问过父亲为什么，他笑笑说："自己得不到爱，别人的爱会变得重要吗？"

对于伊雪熙来说，夜烽就是那个"别人"，尽管他有多么不愿意，她都不会在乎，不可以在乎。

伊雪熙下定决心了，尽管她也不喜欢这个结局。

周三，伊雪熙放学约了凉以凡，在夜里 9 点带他前往偏远的火车站。

一路上她也没有解释为什么要来这里，但凉以凡知道她肯定有很重要的理由。

二人站在火车站出口等待，伊雪熙不停看表，焦急地好像连一秒也等不及了。

突然，一个提着行李的少女和一个老奶奶匆匆忙忙地走出

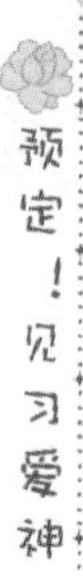

来，伊雪熙看见后心急地跑了上去。

凉以凡本想上前帮忙提行李，但这两张面孔却让他的灵魂渐渐脱离了身躯。

“沐泱，你们认得他吗？”伊雪熙向沐泱问道。

沐泱摇了摇头，而老奶奶因为眼花，走上前又仔细看了一阵子，失望地说道：“不认得……”

没有轻易放弃的伊雪熙望向凉以凡，只见他的脸颊色若死灰，血红色的瞳孔缓缓冒出颤抖的波光，伊雪熙便问道：“以凡，这个是沐泱，这个是保姆王奶奶，你认识她们吗？”

“你是沐沐？”凉以凡失控地抚摸沐泱的脸颊，当初的小丫头已经亭亭玉立了，他实在需要仔细打量才能慢慢地从轮廓里找到熟悉的记忆。

“沐沐变了很多，但王奶奶没什么变化，我认得！我认得！”凉以凡激动的声音让二人震惊得愣住了。

沐泱记得以前所有人都喊自己“沐泱”，只有双胞胎弟弟夏光希才会喊自己“沐沐”！

“光希哥哥？你是光希哥哥？”温柔的沐泱也忍不住激动地高喊起来。

“沐沐！王奶奶！”凉以凡不禁激动地张开双手拥抱二人，血红色的瞳孔也被炽热的泪水淹没了。

“对了，雪熙，你是怎么认识她们的？你怎么找到她们的？”凉以凡抬头望向伊雪熙，眼神里充满了好奇。

“她们一直在原来的地方等你哥哥回去，我……”伊雪熙先是脱口而出，随后想起了夜烽，又吞吐起来。

沐泱突然抽身，抱住凉以凡的双手，激动地呼喊道：“光希哥哥，你看见光年哥哥了吗？你们一定要跟他重聚，一定要！拜托你们不要再抛弃他了，我上次见到他的眼神很忧伤，他依然很

坚强，但我看得出他受了很多的伤。”

“你见过我哥哥？他在哪里？他现在在哪里？”凉以凡的瞳孔瞪得很大，面部神经也扩张得像快要撕裂一样，伊雪熙还是第一次看见如此紧张的他。

沐泱回头望向伊雪熙，再道：“就是长假的时候，光年哥哥回来了，我看见这位雪熙小姐跟他在一起。”

“长假？”凉以凡大惊失色，震惊地凝视着伊雪熙。

伊雪熙知道事情已经无法隐瞒了，唯有深深吸了一口气，勇敢道：“没错，就是夜烽。”

凉以凡一听，立刻转身！

“以凡！”伊雪熙猛地拉住凉以凡，解释道，“以凡，不要去！夜烽他说过不会跟你们相认的，他当时逃避沐泱，现在你去找他，他也有可能因为逃避你们而走掉！”

“那我应该怎么样？他明明就在我身边，我却一直跟他作对，一直把他当成敌人，我怎么可以这样对他？”凉以凡已经急得不知所措，脆弱的泪水不禁暴露在心爱的少女面前。

“要不把这件事告诉你家人，看看以一家人的力量能不能说服他？”

凉以凡沉重地点了点头，脸颊无法抬起来。

看见自责的孩子，王奶奶心疼地走上前，用微微颤抖的双手捧起凉以凡的俊脸：“我可怜的光希少爷……为什么你完全变了？奶奶一点都认不出你啊……”

凉以凡吸了一口气，极力把眼泪收回，说道：“自从哥哥失踪之后，爸妈突然在夜里带着我搬走，我每天都在哭，后来眼睛渐渐变成红色，样子也越长越不像原来的我了。”

“光年哥哥的样子也变了，如果当时不是他出手救了我，要不是那种熟悉的气势，我也认不出来。”沐泱说道。

“哥一出生就很坚强，他从小就懂得保护我和沐泱，我想他真的受了很多苦，这次相认之后，我要好好保护他。”

凉以凡的坚定让伊雪熙的心脏摇晃了一下，少女偷偷低下头，脑海被紊乱的思绪霸占了，缠绕着心头的那一阵痛楚，偷偷地蔓延开去……

凉以凡带沐泱和王奶奶回家，凉父凉母哭得撕心裂肺，伊雪熙当时清清楚楚地听见他们不约而同地说要跟夜烽相认。

好了，她的任务快完成了，只要偷偷安排夜烽跟他们见面，一切就会结束了。

眼看明天就会解脱，伊雪熙却依旧感到烦恼，已经分不清到底是头疼还是心痛。

知道夜烽不会乖乖就范，如果把他约到什么地方，他反而会防备起来，于是伊雪熙便把钥匙给了凉以凡，让他们趁夜烽猝不及防的时候走进来。

凉以凡一家和沐泱在外面待了很久，收到伊雪熙的信息时才敢进去。

大家待在长廊里又等了几分钟，洗完澡的夜烽一边抹着头发一边走出洗手间。侧面一堆影子吸引了夜烽的视线，当少年愕然地望过去时，一张张熟悉的面孔顿时炸开了他麻木的脑袋！

站在夜烽背后的伊雪熙立刻上前，用定身咒踩住夜烽的影子，让他没有逃离的余地。

“这……这是光年？”凉母难以置信地凝视着夜烽。

一步一步靠近的压迫感却像无比强大的猛兽，第一次令夜烽感到前所未有的恐惧。

凉母小心翼翼地抚摸着眼前这张颤抖不已的俊脸，当年那个可爱的孩子如今完全变了样，成为一个跌宕不羁却俊美绝伦的少年。

呆呆地愣在原地的凉父踏出软弱不堪的步伐，一跛一瘸地走到夜烽面前，用力地捉住他的手。

“光年！他是光年！爸永远记得这个眼神！”凉父极力喝出五内俱崩的声音，压抑多年的悲恸突然飞溅而出。

凉父失落地跪倒在地，双手依旧紧紧捉住夜烽的大手：“对不起！是爸要他们母子俩搬走的，是爸丢弃了你，当初是爸害怕你是妖怪，一切都是爸的错，你要恨就恨我一个吧！你妈妈跟弟弟天天为了你以泪洗面，以凡的眼睛是哭成这样的……”

“哥……”凉以凡走上前，没有扶起父亲，却像很久很久以前那样躺在夜烽的怀里，尽管现在的他只能及他的肩膀。

夜烽的脸颊猛地抽搐了一下，那个不算很熟悉又说不上陌生的名字游荡在脑海里，夜烽突然明白他们已经有了新的生活，现在眼前的人，那个疑似自己弟弟的人原来叫凉以凡，他，不再是那个夏光希了。

这个怀念的呼唤，这个渴望已久的温馨，怎么突然之间变得这么陌生？

他很想问他们为什么要丢弃自己，但他的脑海中又给了自己一个答案，其实他很明白，一直都明白，但为什么现在突然感到一种愤恨又无法发泄的悲哀？

夜烽深深吸了一口气，趁现在还有一丝理智，他压抑着快要爆发的愤怒，咬牙切齿地低喝一句：“伊雪熙，放开我！”

熟悉夜烽脾气的伊雪熙听得出夜烽的愤怒，于是乖乖地放开了他。

见状，三人更用力地抱紧夜烽，本应狠狠推开，但理智让他小心翼翼地拉开凉以凡的拥抱、父亲和母亲的手。

“光年！光年不要走！妈求你不要走！”凉母从背后抱住夜烽，撕心裂肺地呼喊。

夜烽用力吸了一口气："让我冷静一下，我会回来的。"

留下这个承诺，凉母才愿意停留在原地，因为她知道，夜烽说得出的事情就会做得到，起码十年前是这样。

夜烽恨透了自己的冷静。伊雪熙看得出来，于是她丢下了凉以凡等人，独自追上这个随时会爆炸的炸弹。

今夜的月亮很圆，把大地照得格外光亮。

夜烽清楚地听见背后紧追上来的脚步声。

"夜烽，我帮你找到家人了，你要信守承诺跟我解除婚约！"伊雪熙跑到夜烽面前，激愤的命令脱口而出，可却发现那双冷漠的眼睛竟然变得如此脆弱，仿佛一割就会破，但她已经狠心地割下去了。

夜烽紧紧盯着伊雪熙，不禁问道："你真的这么讨厌我吗？"

敏感的话让少女猛地愣住了，那双荡漾的瞳孔让人由不得心软，伊雪熙用力别过脸去，极力制造坚强。

见状，夜烽放肆地走上前两步，一把捉住伊雪熙的肩膀，把她的身躯一点点地拉近。

"你不是说过我敢再靠近一点，你就会杀了我吗？现在是个好机会，我不反抗，动手吧！"夜烽慢慢贴近，不知所措的瞳孔布满了令人看不透的思绪。

伊雪熙瞪着夜烽："我讨厌你这么霸道地走进我的生活！我讨厌你！讨厌你！总之我就讨厌你！"

急得眼眶都红了的少女，比平日的俏丽又增添了几分楚楚可怜的感觉，一下子打破了魔鬼的防线，夜烽不想再给她任何机会，猛地把伊雪熙拉近，狠狠教训了这张令人气愤的嘴巴。

担忧的凉以凡跟了过来，一直待在原地看着这幅画面。伊雪熙的纤手在夜烽怀里挣扎着，捶打着，这个举动让他终于下定决心阻止，但是他又看到伊雪熙的纤手很快又放弃了，五指轻轻抓

住夜烽的肩膀。

凉以凡察觉到自己的位置，这么尴尬，此时此刻的他，不能再插手他们的事了，他们的事，应该由他们去解决……

激动的薄唇下滑，游移到光洁的下巴，甚至脖子上，伊雪熙没有反抗的余地。夜烽气喘喘地抬头，用力瞪着伊雪熙，咬牙切齿道："动手吧！为什么你不趁机杀了我？"

"我不会杀你，因为现在你是以凡的哥哥！"伊雪熙狠心反击，不过就一句话，却比千刀来得更凶狠。

夜烽盯着她，似是痛得撕心裂肺，又似是恨得磨牙凿齿。

被夜烽这样看着，伊雪熙浑身不安，焦急又不知所措的心头乱得打成一个个解不开的结："夜烽你这浑蛋……"

夜烽无奈一笑。

Chapter 06
下一场大雨
也洗不尽悲哀

1.

“你暂时不接受我没关系，但我不许你喜欢伊雪熙！”当小烟得知夜烽住在伊雪熙家里时，怒火冲天地跑到他面前，不顾周围好奇的目光，指着他怒喝。

夜烽实在没有耐心去和这个烦人的丫头纠缠，一手按住她的脑袋，把她从面前推开，淡淡地说：“我不喜欢你，也不喜欢她。”

凉以凡因为跟夜烽一起放学发现了小烟，连同在学校大门外等待的沐泱也看见了他和小烟纠缠的画面。

“夜烽，你敢让我难堪，我不会让你好过的！”这是小烟留下的警告。

而后小烟没有一如既往地缠着夜烽，她像人间蒸发一样消失了。

对于夜烽来说，噪音自动消失是一件天大的好事，可是好日子没过几天，正在整理行李准备搬到真正的家里时，小烟突然踢开了伊雪熙的家门。

本来躲在房间里一直不想出来的伊雪熙忍不住气冲冲地跑出客厅，寻找那个敢踢破她门的“犯人”。

“你来这里干吗？”夜烽发现小烟再次出现时，眉头皱了起来。

“夜烽，我说过会让你后悔的！”小烟站在原地指着伊雪熙，咬牙切齿道，"南陌哥，你的未婚妻就在这里，她居然跟别的男

生住在同一所房子里，你看这事要怎么解决？”

话音落下，一个矫健的男子默默走进屋子里，一股无形的霸气也跟着他而来。男子看起来大约二十一二岁，长及脖子的头发本是黑色，几缕发丝却挑染成紫红色，让这个散发着霸主气息的男子显得更诡异；他的瞳孔一眼看去是黑色的，但仔细观察就会发现那紫红色的波光宛如从湖底幽怨地散发出来，令人多看一眼就会感到浑身不安；高挺的鼻梁把气宇轩昂的轮廓勾画出强烈的立体感；他的唇比较红润，跟雪白的肌肤形成了很鲜明的对比，像一个刚刚吸了血的魔鬼。

“他是谁？什么你的未婚妻？我什么时候又多了一个未婚夫？”伊雪熙望了望二人，又望向夜烽。

只见夜烽的脸色有点苍白，伊雪熙也惊恐起来。

“夜烽，这是怎么一回事？”伊雪熙再次发问。

“小烟，看来我的未婚妻并不知道实情呢，所以你不要这么生气了！”男子摸了摸小烟的脑袋，带着诡异的微笑走近伊雪熙。

面对这个不怀好意的男子，伊雪熙下意识退后。见状，男子便停留在原地，伸出大手，礼貌地自我介绍道：“你好，我叫南陌，不知道玄邪大人有没有跟你说过，自从由母亲大人一代人掌管纯吸血王族之后，纯吸血鬼王族就没有出生过王子，而你是玄邪大人的私生女，也是纯吸血鬼王族的公主之一，所以我被选为纯吸血王族的王子，也就是你的未婚夫。”

伊雪熙皱起了眉头，完全听不懂这个南陌的话：“我的母亲只有我一个女儿，那这个女生又是谁？而且你说你是王子，我是公主，那么我们怎么可能是未婚夫妻呢？”

“呵呵，当年母亲大人自尽后，玄邪大人就失踪了，可能你在人间住得太久，不清楚我们纯吸血王族的传统。”南陌的声音很淡定，也很温柔，他耐心地给伊雪熙解释，“纯吸血王族的传

统就是公主必须嫁给由王族选举出来的王子，这样才能把纯种吸血鬼的纯正血统延续下去。”

“南陌哥，你说得太好听了吧？她才不是纯种吸血鬼呢，她父亲是个抢人家妻子的坏蛋！他父亲不是纯种吸血鬼，所以生下来的杂种也不会是纯种吸血鬼！”小烟忍不住气愤地插口。

“小烟，乖乖地给我待着。”南陌回头命令一句，温柔的语气里却隐藏着一种压抑的愤怒。

“你给我说清楚一点！”伊雪熙狠狠瞪着南陌。

“母亲大人诞下小烟之后离开了纯吸血王族，来到人间跟玄邪大人生活，然后再诞下你。我想你一时之间应该很难接受吧，没关系，我会等你慢慢适应的。”南陌的嘴角依旧挂着一道礼貌的微笑，但这张宛如扑克一样僵硬的脸颊，却让伊雪熙感到很虚伪和厌倦。

伊雪熙用几秒时间消化了南陌的话，然后愤然地望向夜烽，尽量保持冷静：“夜烽，我要你亲口告诉我，这到底是怎么回事？”

夜烽抿了抿唇，犹豫了几秒，脸上浮现出一种已经不再重要的表情：“我不是你真正的未婚夫，我只是在小烟那里得到你的信函，然后知道你有未婚夫一事，所以带着无聊的心来这里玩的。”

“什么？夜烽你这浑蛋！”伊雪熙愤然作色，举起纤手欲狠狠给他一巴掌。

“我真想杀了你！”伊雪熙无法控制激动，可是纤手又无力地坠落了。

夜烽默默看着伊雪熙，平日可以一眼看穿的灵魂，现在却分不清她到底是在生气还是在伤感。

伊雪熙狠狠咬着下唇，让微微抽搐的神经冷静下来。

此时夜烽突然提起行李，二话不说地走出大门。

冷漠的身影勾住了伊雪熙的视线，当夜烽完完全全消失在眼里，少女才激动地拾起一个抱枕，像凡人一样无助地扔向夜烽走过的地方。

南陌见状，欲上前安慰伊雪熙，少女却下意识挤出浑身的灵气，化成一层薄薄的保护膜去保护自己："你们走！你们全都给我滚出去啊！"

此时此刻，她只希望这些浑蛋都消失在眼前，不，是所有人！

2.

夜烽不是伊雪熙真正的未婚夫一事，凉以凡很快就收到消息了。那个南陌看起来彬彬有礼，或许会比夜烽容易摆平，凉以凡好像并不担心南陌会成为自己的障碍，但他仍旧整天心事重重，因为还有另一个无法解决的问题。

夜烽搬回来之后，今天是第一次和家人一起吃饭，凉父凉母无论做什么都是小心翼翼的，生怕夜烽会有任何一点不满。

今晚的菜式也很丰富，全都是夜烽小时候喜欢吃的菜，但他好像已经忘记了那种快乐的味道，吃下去，感觉就跟这些年吃的东西一样，平平淡淡，只是为了填满肚子而已。

记得小时候凉以凡最期待的就是每周一次的炸猪排，因为怕上火，所以凉母只会炸一块，今天也是如此。凉以凡一如既往地咬了大大的一口，然后抹了抹唇上的面包糠，再把半块猪排递给夜烽，笑道："哥，我们一人一半！"

夜烽好像一时之间回不过神来，尴尬地愣住了。

凉以凡这才察觉到自己的冲动，他们或许不再是当年的双胞胎了，自己又怎么可以把吃了一半的东西给他呢？

“呵呵，不好意思。”凉以凡尴尬地收起炸猪排。

见状，夜烽立刻把碗递到凉以凡面前，扬起罕见的微笑。凉以凡惊讶地望了望夜烽，兴奋得笑逐颜开。

这幅画面，也让紧张兮兮的父母露出欣慰的笑容。

不知道是不是第一晚的关系，大家吃完饭坐在电视机前没有任何话题，夜烽像小时候那样八点半就去洗澡睡觉，但这一次，凉以凡看得出他并不是乖乖地，他的背影很沉重，令人担忧。

凉以凡一直看表，隔了 20 分钟之后，他跑上二楼，见夜烽的房间没有关门，便大胆地走进哥哥的房间。

家人为夜烽换了一张大床，当他爬到床上与夜烽四目交接时，竟然有点尴尬。

凉以凡抿了抿唇，大胆地关上门，然后走到床边，坐在夜烽面前。

“怎么了？”夜烽一眼便看穿凉以凡心事重重的样子。

温柔的声音让凉以凡有点不太习惯，却又让他想起了愧疚的事：“哥，对不起，之前对你的态度那么差……”

“傻瓜，我对你的态度不是更差吗？”夜烽展颜一笑，嘴角却带着无法隐藏的苦涩。

“那我们就打平吧！”

“嗯。”夜烽带着依旧苦涩的笑容点了点头，随后便趁此刻吐出心里的担忧，“以凡……那个……伊雪熙的事情，你不用担心什么，放胆去追吧，她是喜欢你的。”

敏感的话题顿时让气氛变得死寂下来。凉以凡沉沉低头，不禁吐出压抑已久的问题：“哥，你喜欢雪熙吗？”

夜烽惊讶一愣，仿佛没有料到凉以凡会直接问这个问题，但夜烽迅速扬起微笑，像机械人一样完美地回答：“女人不过是身外物，我当初只是无聊去接近她而已。”

看见凉以凡欲强行微笑，嘴角却一直扬不起来，夜烽不禁握住他的手，发出温柔如水的声音："没什么比我们一家人重新在一起更重要了，何况我又不是伊雪熙真正的未婚夫，我也没有失去什么啊！"

凉以凡再次确认："哥，你真的不喜欢雪熙吗？"

"真的。"

夜烽的笑容很温柔，却又好像有点形式，冷静的态度让人捉摸不到他的心思。凉以凡明明不相信，却很想去相信。

软弱的身躯挪动到床上，凉以凡像个撒娇的情人一样躲进夜烽的怀里，紧紧抱住这个娇健的身躯。

"这种心贴心的温暖，我很久没有感受过了。"凉以凡的脸颊紧紧贴在夜烽的胸膛上，凝听着他的心跳。

夜烽轻轻抚摸凉以凡的秀发，温柔的举动让凉以凡加倍放肆："哥，我可以跟你一起睡吗？"

"嗯。"夜烽想也没想便带着微笑点头。

"但我还没有洗澡耶！"

"我不介意。"

"哥，你再这样纵容我，我会更放肆的。"凉以凡一边责怪夜烽，一边爬进被窝里。

"哥，谢谢你。"

夜烽微微一愣，索性把他搂入怀里："谢我什么？不要告诉我是关于伊雪熙的，我不接受。"

"谢谢你回来了。"凉以凡轻轻抽离夜烽的怀抱，抬起头来，正面凝视着夜烽这张妖艳得令自己也心动的俊脸。

"哈哈！"凉以凡不禁大笑两声，再问道，"哥，我再问你一个问题！"

"嗯。"

"哥，还记得吗？沐泱说过长大后要当你的妻子，那时候你们俩好暧昧哦，你小时候有亲过沐泱吗？"

"我真的那么早熟吗？"

"对！"凉以凡刻意加强了语气，嘴角挂着调皮的笑容。

夜烽无奈一笑："沐泱是个很单纯的孩子，我不会对她出手的。"

"但是她很喜欢你啊，你真的对她一点感觉都没有吗？"

夜烽察觉到凉以凡的不安，再次将弟弟拥入怀里，然后在他秀发上呼出沙哑的气息："我会考虑一下。"

3.

周五，阳光还是灿烂得可怕，把人的失落照射得一清二楚。

放学铃声一响，学生们立刻冲出教室，前往另一片乐园。

伊雪熙没有看旁边的夜烽一眼，提起包便冷漠地走开了。其实她就站在长廊上等待凉以凡的出现，只不过是远离了自己的班级而已。

班内只剩下吊形吊影的夜烽，长廊上的人群也渐渐散去，邻班的凉以凡却一直都没有出现。

仿佛生怕夜烽也是这时候出来，伊雪熙终于放弃了等待，转身离开。

伊雪熙来到熟悉的鞋柜面前，打开了铁门，她的注意力不再是鞋子，但是那个粉红色的信封没有一如既往地出现在柜子里。

"我以后不会再写信给你了。"突然，一道清澈的声音从身后响起，顿时让失落的伊雪熙重新找到了生机。

"以凡？"再次看见熟悉的脸颊，伊雪熙的笑容却又在瞬间消失了，脸上挂着一副"为什么"的表情。

不知道从哪里来的自信，凉以凡伸出手，笑道："以后我亲

口跟你说不是更好吗？”

伊雪熙一愣，目光缓缓落在凉以凡的手上。那只手并不是比自己大很多，却是自己渴望已久的温暖。现在就在眼前了，只有那么一步的距离，伊雪熙竟然不会靠近。

当俏丽的脸颊泛起了两片迷人的嫣红时，凉以凡不禁大胆地踏上一步，轻轻握住伊雪熙的纤手，带她走向充满阳光的世界。

夏天的阳光特别漫长，但这种强烈的光芒，却把人照射得浑身不自在。

难得独处的气氛变得尴尬起来，凉以凡再也无法像以前那样找到话题，只能加强力度握紧伊雪熙的纤手，以证明自己的位置。

走神的伊雪熙也豁然惊醒，抿了抿唇，又偷望了凉以凡一眼，半晌，才道出吞吐的话：“我们……现在要去……哪里呢？”

“不……不如去吃饭吧？”凉以凡也变得有点口吃了。

伊雪熙的脑海划过一个念头，脱口道：“去你家可以吗？”

“我家？”凉以凡一时之间想不通伊雪熙为什么会有这样的要求，但还是很快答应了。

再次踏入凉以凡的家，觉得格外宁静。听说沐泱和王奶奶搬进来了，一切家务已经不用凉母插手，凉母就到凉父的工厂帮忙了。

这一次，伊雪熙竟然主动要求到凉以凡的房间等待。少年一直没有松开她的手，慢慢地带她走到熟悉的二楼。

从长廊望过去，那个曾经空置的房间的门是开着的，虽然没有人在，却充满了实在的感觉。伊雪熙的目光离不开那个房间，嘴里挤出个问题：“现在那个房间不会空着吧？感觉不是很温馨呢？”

“嗯，昨天我们聊得很晚，不知不觉我就睡着了。”

“你们一起睡？”伊雪熙有点不敢相信。

“嗯！”

“夜烽居然会跟别人一起睡，真不像他的性格。”伊雪熙喃喃道，脸上抹上了一层若有所思的神色。

凉以凡默默地打量着伊雪熙，莫名的担忧，随即泛滥成灾。

伊雪熙发现凉以凡的不安，立刻回神，温柔地安慰道：“怎么了？你该不会以为我跟夜烽还有什么吧？我只是好奇而已，没什么的。”

“我怎么会不相信你呢！”凉以凡猛地摇了摇头，捉紧伊雪熙的双手，四目相对的时候，欲望又很自然地泛滥起来，“雪熙……我……可以亲你吗？”

伊雪熙尴尬一愣，害羞地低下头，无奈又娇柔地喃喃道：“傻瓜，以后不要再问了……”

凉以凡从伊雪熙的神色中找到了答案，随即带着幸福的笑容，一点点地靠近这两片渴望已久的桃唇。

温柔的少年仿佛不敢过于深入，只是轻轻一碰，小心翼翼地挪动，慢慢地占据着。伊雪熙让自己冷静下来，不安分的脑海却浮现了一幕幕熟悉的画面，令她的心里产生了对比。凉以凡的吻很温柔，就像他一样，可是她竟然分不清自己到底是喜欢还是不安。

长廊传来脚步声，二人同时震惊地抽离了亲昵的吻。

当他们望向声音来源时，那个高挑的身影匆匆转身，带着尴尬立刻走回一楼。

伊雪熙默默凝视着那个落拓的背影，好几秒才回过神来，望向凉以凡，提出奇怪的建议：“以凡，不如我们到楼下去吧？”

凉以凡有点愕然，才刚刚走上来，但看见夜烽后却提议回到一楼，敏感的心又开始不安。

“我是想你们才刚相认，而且他不是因为觉得打扰了我们才下去的吗？丢下他一个人好像不太好。”伊雪熙连忙解释道。

凉以凡怡然一笑，接受了这个答案，牵着这个善解人意的女朋友走向一楼。

夜烽冷冷地坐在沙发上，若有所思地凝视着黑色的电视屏幕，见二人也下来了，他才猛地回神，却又不知道该如何招呼他们。

努力了几秒，夜烽的视线落在正在煮饭的沐泱身上，于是他站了起来，对凉以凡说：“我去帮沐泱。”

听到这一句，厨房里的沐泱一边把菜捧出来，一边紧张兮兮地说道：“不要！光年哥哥你坐着，这些东西应该由沐泱来做的。”

夜烽霸道地抢过沐泱的菜，命令道：“虽然奶奶要退休，但我们把你们当成家人，不是保姆，所以以后不许一个人把家务全做了！”

沐泱弯起甜蜜笑容，不禁偷看着夜烽。

把菜放在饭桌上，夜烽回头，手搭在沐泱的小脑袋上，一边走进厨房，一边取笑道：“沐泱，你为什么这么多年还是这个身高啊？”

“什么嘛？我长高很多了！”沐泱不忿地嘟起了嘴巴。

“哈哈！有一米六吗？”夜烽居高临下地凝视着沐泱，令二人的距离变得更遥远了。

“一米五四……”沐泱自卑地喃喃一句，再次引起了夜烽的兴奋大笑。

伊雪熙没有见过这么开朗的夜烽，她发觉自己为夜烽找到家人这件事做对了。

伊雪熙望向凉以凡，忍不住说道：“夜烽……会跟沐泱在一

起吗？沐泱好像为他受了很多苦……我觉得她很可怜……”

“我昨天问过哥的意见，他说会考虑一下。”凉以凡担忧地望向厨房，看着那个正在拼命努力的哥哥，感到满怀愧疚。

伊雪熙不受控制地走到厨房门前，首次向“外人”露出温柔的一面：“沐泱……我有个想法，不如你去我们学校上学吧？”

沐泱惊讶回头，不只是她，夜烽和凉以凡也同时望向她，一时之间，大家都在怀疑自己的耳朵是不是出了问题。

“你在以前的城市应该很难读书吧？”伊雪熙再次问道。

沐泱点了点头，有点失落：“我只读到初三。”

“那刚好，我们都在读高一，你插班进来，然后我请最好的补习老师给你补课吧。”

“真的？”沐泱兴奋得笑逐颜开，又望向夜烽，仿佛要经过他的同意。

“你喜欢去就去吧。”夜烽展颜一笑，“不过学费应该由我们解决。”

伊雪熙尴尬地抿了抿唇，没有反驳。

“谢谢光年哥哥！”沐泱兴奋得像个得到了玩具的小孩，大跳大笑之后，又向伊雪熙鞠躬，“雪熙是个天使，沐泱真的很感谢你！我们家的光希哥哥也是个天使，你们真的是天生一对呢！”

假装温馨的气氛下，却只有凉以凡脸上的笑容是最灿烂的。

4.

夏天的清晨，日丽风清，炽热的太阳还没有覆盖整个大地，空气中飘散着一丝清爽。

夜烽亲自带沐泱上学，而凉以凡则绕了几条路，到伊雪熙的家接送心爱的女朋友。本来夜烽的心情还是不错的，谁知踏入熟悉的教室，一张令人厌烦的面孔夺取了夜烽的笑容。

聪明的少年没有多问小烟为什么会出现在自己的教室里，而且还是抢了一个同学的位置故意坐在他后面。

夜烽瞪了她一眼，把沐泱的东西放在她的位置上后，带着沐泱走出教室。

“夜烽！”小烟终于忍不住喝了夜烽一声。

烦躁的少年没好气地回头，冷冷道：“怎样？”

“本小姐就在这里，你怎么不懂得打声招呼？”

“我从来都不喜欢跟人打招呼，你该不会连这个都不知道吧？”夜烽冷冷地讽刺道。

小烟不忿地指着沐泱，野蛮地大喝起来：“那她呢？你为什么跟她走得这么近？她又是谁？刚刚走了一个伊雪熙又来了一个丫头，你到底有多少个女人啊？”

“这跟你有关系吗？”夜烽的语气很平静，却像无形的刀刃一样穿过小烟的心脏。

夜烽没好气地带沐泱走出教室，懒得跟她争辩。经小烟一说，沐泱才迟疑地想起当初重遇夜烽的时候，他是跟伊雪熙单独在一起的，伊雪熙被捉走后，这个冷漠少年的脸上露出前所未有的恐惧，她怎么这么晚才发现这一点呢？不过尽管夜烽之前跟伊雪熙同住过一段时间，但伊雪熙已经是凉以凡的女朋友了，夜烽和伊雪熙之间应该没有什么可疑的关系了吧？

生怕沐泱不习惯，又担心小烟会欺负她，所以从早上到下午，夜烽都不时地观察着沐泱，课间休息的时候也跟她走在一起。

如果说看漏眼，或许就只有下午体育课的活动时间，沐泱被老师喊到办公室，好像说是关于入学手续的事宜。

但沐泱这一去就是一个多小时。夜烽开始急了，坐在身旁的伊雪熙也有点疑惑。二人不约而同地对望了一眼，夜烽还没有

问，伊雪熙已经很有默契地把时间告诉了他。

距离下课就只有 15 分钟了，老师怎么可能霸占一个学生的上课时间这么久？

二人觉得奇怪，当夜烽欲站起来时，伊雪熙突然伸手压住他的手掌，低喃道："我去吧。"

办理入学手续这种事，应该是由校长处理，可伊雪熙找过校长，也找过正副主任和班主任，大家却都说自己没有找过沐泱，也没有见过她。

伊雪熙匆匆赶回教室时，放学的铃声已经响起，大家匆匆离去，只有夜烽焦急地站在原地等候。

"怎样了？沐泱还在老师那里吗？"夜烽一见伊雪熙，立刻心急地问道。

"不在！他们都说没有找过沐泱，也没有见过沐泱。"

经过伊雪熙一说，夜烽立刻把目光落在正准备离开的小烟身上："小烟，你站住。"

小烟回头，不忿地盯着夜烽："夜烽，你这是什么态度？"

"沐泱在哪里？"夜烽没有心情跟她慢慢谈。

"我怎么知道？"小烟理直气壮地丢下一句话欲大步离开，夜烽却捉住她的手。

眼看强大的力度快要把骨头也捏碎，小烟不得不带着撒娇又愤怒的声音说道："夜烽，很痛耶！放开我！"

"我问你沐泱在哪里啊？"夜烽忍不住向小烟吼了起来，如此大的愤怒，伊雪熙还是第一次看见。

小烟仿佛被吓到了，大惊失色，心虚地喃喃道："在……在体育馆里面的杂物房。"

夜烽一听，立刻拔腿跑出教室，伊雪熙也后脚跟上这急促的步伐。

夜烽来到喧哗体育馆，气冲冲地跑到杂物房前面，然后二话不说，一脚就踢破了门。夜烽的愤怒把正在打篮球的同学吓跑了。

杂物房里面有很多杂物被随意丢在门前，夜烽推开好几层杂物才发现沐泱坐在地上，被捆绑了双手双脚，连嘴巴也被封住了。

夜烽回头瞪了小烟一眼，带着眉头紧皱的担忧解开了沐泱的束缚。

“没事吧？有没有哪里不舒服？”首次看见夜烽如此关怀地对待一个人，站在背后的二人震惊了。

眼看夜烽准备把沐泱抱起来，伊雪熙突然跑进杂物房里，代替夜烽扶起了沐泱。夜烽惊讶地看着伊雪熙，她却没有勇气抬头，只是冷冷地丢下一句：“先管好你跟那个人的事情吧。”

夜烽回头，发现小烟正叉着腰看着自己，本来夜烽也没有心情去理会她，可是当三人一起走出杂物房的时候，小烟却拉住了他的手臂。

冷静的伊雪熙狠心地把沐泱带走，尽管她一直在回望。

小烟盯着夜烽，刚刚才感到害怕的心随即又涌出了怒火：“夜烽，你的红颜知己真多啊，不知道我算老几呢？”

“不要胡闹了！”夜烽命令一句，甩开了小烟的手。

见状，小烟勃然大怒，立刻喝道：“我看见她们就烦死了，为什么你总是跟别的女人纠缠不清？我说过我要得到你，我就一定会得到你！夜烽，你跑不掉的！”

夜烽的目光依旧落在渐渐走远的那两个身影上，思绪回到当晚跟凉以凡的对话。夜烽叹了一口气，在瞬间做了一个麻木的决定：“好吧，既然你这么说，我也不逃了。”

“什么？这……是什么意思？”小烟跑到夜烽面前，不禁露出

了笑容。

“男朋友，不需要了吗？”夜烽依旧没有望向小烟，目光变得有点麻木了。

“要！”小烟的悲愤消散了，迅速出现360度大改变的少女立刻抱住夜烽的手臂，脸颊紧紧贴在夜烽身上，誓要向全世界证明自己才是夜烽的正牌女朋友。

5.

从第二天早上开始，小烟就紧紧抱着夜烽的手不放，在学校不但没有纪律，上课也影响其他人，老师气得把她和夜烽一起叫去处罚，小烟竟还为此兴奋不已。

放学，伊雪熙终于看不过眼，待同学们都离去后，便拦截了正站起来的夜烽的去路。

夜烽下意识拨开了小烟的手，再望向伊雪熙，冷冷地问道：“怎么了？”

伊雪熙毫不留情地瞪着夜烽，咬牙切齿地问道：“你跟她交往了？”

敏感的问题让少年抿了抿唇，掩饰了微微的不安，反问道：“那又如何？”

一句“那又如何”顿时把伊雪熙难倒了，现在这个关系，她的确没有权利去问。

“你为什么要管我的事？”见伊雪熙迟迟没有回答，夜烽竟然心急地追问。

少女的头沉重的抬不起来，只是极力挤出冷漠如霜的声音：“我只是觉得沐泱很可怜。”

“这个也用不着你管。”夜烽抬起头，冷冷地走开。

见状，伊雪熙不禁拉住了夜烽：“不要走，给我说清楚！”

“我为什么要给你说清楚？你是我的谁？”看见伊雪熙坚定的脸，夜烽索性转过身去，二话不说地低头，猛地吻住不忿的小烟。

这个曾经熟悉的举动，让人的脸上泛起了莫名的红晕。

“沐泱！”突然，匆匆来到这间教室的凉以凡喊了站在门外的沐泱一声，夜烽立刻放开了小烟，下意识后退了一步。

凉以凡随着沐泱震惊的目光望向教室里面，他没有看见刚才的画面，却被伊雪熙那愤恨的目光吸引了视线。

突然，伊雪熙二话不说走出教室，凉以凡和沐泱见状也随后追上去了。

小烟看着视线随伊雪熙游离的夜烽，不服气地喝道：“呀！夜烽，我警告你哦，如果你跟我在一起只是利用我或者耍我的话，我会让你死得很难看的！”

夜烽讽刺一笑，连反驳的力气也省了。

他现在已经满身是毒了，还有什么好害怕的呢？

回到家里，凉以凡好像已经了解了伊雪熙生气的原因，没有向夜烽多问一句。

晚饭之后，沐泱比平日更积极地争着洗碗的活儿来做，看见这样的沐泱，夜烽也皱起了眉头。

只见沐泱一个人把所有碗筷都抱进厨房里，夜烽竟然不顾大家的好奇目光，走进厨房里，并把门关上了。

晚饭的时候凉父一直满怀疑惑，总觉得今晚的气氛怪怪的，凉父忍不住好奇地向凉以凡发问：“以凡，你哥和沐泱是不是吵架了？”

凉以凡沉重地点了点头，其实他也不知道沐泱是不是在生气，所以只能解释一句：“哥跟别的女生交往了，沐泱好像很难过。”

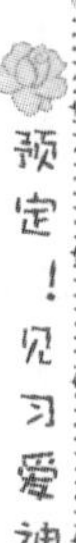

“什么？”凉母一听，耳朵也贴过来，“哎呀，沐泱喜欢他这么多年了，看见他跟其他女生交往肯定会很伤心，但你哥怎么突然交了女朋友？之前都没有听说过他跟谁好啊，那是一个什么样的女生？”

“不怎么样，脾气很差的女生。”

“什么？”凉母再次震惊一愣，“你哥这么优秀，为什么要找这样的女生？很漂亮吗？像你的女朋友那么漂亮吗？”

凉以凡咬着下唇，无奈地摇了摇头。见状，凉父也拍了拍妻子的肩膀，示意她不要再插手管儿子的事情了。

厨房里面的沐泱把水龙头开得很大，仿佛是不想听见夜烽的声音。

本来夜烽只是默默看着，不知道该说些什么，但看见水开始飞溅到沐泱身上，夜烽便关了水龙头，担忧地命令一句：“不要洗了！”

沐泱放下碗，呆呆地凝视着水中的泡沫，视线顿时模糊了。

“沐泱，你有什么话就说吧，不要一切都扛在自己身上。”

听见夜烽这么说，沐泱也鼓起了勇气，含着泪水，抛出实在无法掩饰的问题：“光年哥哥……为什么……你会选择小烟？我看得出来你不是很喜欢她，为什么你宁愿选择她都不选择我？”

痛心彻骨的波光荡漾在眼眶内，却比任何武器都要锋利。夜烽不禁咬了咬下唇，坦然说出心里的忧虑：“沐泱，我不想伤害你。”

“那么你为什么要伤害别人？”沐泱天真地脱口之后，发觉脑海里已经浮现了答案。

当他不知道该如何回应这个问题时，沐泱的手机适时地响起。

客厅里的人都不想惊动他们，但沐泱偏偏借这个机会走出了

这个死寂的空间。

沐泱拿着手机跑进房间，谁都看得到她眼角那点闪烁的泪水。

“喂，雪熙？”沐泱惊讶地接过电话，但她没有想到居然是伊雪熙打来的。

“没有，我只是……想问一下你怎么样而已。”伊雪熙说话有点吞吐，声音也很低，好像不太习惯问候。

“我……没事……”沐泱好不容易才哽咽了一句话出来。

伊雪熙一下子听出她的伤感，担忧地问道：“你哭了？傻瓜，不要为那种小事哭啦，你去问清楚夜烽吧，或者他这样做是有别的原因呢！”

沐泱深深吸了一口气，依旧哽咽地喃喃道：“雪熙……其实……我真的很羡慕你可以待在他身边。”

伊雪熙沉寂了一下，说道：“你现在不就待在他身边吗？放心吧，我知道他很在乎你，迟早有一天会接受你的。”

“不，他不会接受我的，我很清楚。”

“他不是不会接受你，是不敢接受你而已。如果他接受你，小烟会杀了你的，就算他再强大，也不代表每一刻都能保护你啊！”

“嗯……”沐泱用力地收起泪水，“我会坚强起来的，你不用担心。”

“那我挂了，你好好整理一下心情吧。”

“嗯，谢谢你。”沐泱挂了电话，一个人躲在床上，却连哭泣都不敢放声。

沐泱其实看透了一切，只是伊雪熙还没有看透。

王奶奶小心翼翼地走进房间，关上门，让她们与他们的世界隔开，再走到沐泱身边。

“孩子，太艰难的话就不要坚持下去了，你决定怎样做奶奶都会支持你的。”

“对不起，奶奶，我真的很喜欢光年哥哥……”沐泱抱着王奶奶，在最亲最温柔的人面前，泪水终于失控地爆发了。

Chapter 07
血色指引

1.

天地氤氲，阴森的瘴气仿佛从四面八方冲击而来，伊雪熙从黑夜走到家里，依旧摆脱不了这股寒气。

就算下雨打雷也不会有这种气象，这好似一种恶魔将要袭来的感觉，这股气势，比夜烽更可怕。

现在家里只有自己一人，伊雪熙不得不防卫起来，她只希望这股气息不是冲着自己而来。

伊雪熙关了灯，躺在又软又大的床上，用力合上眼睛，却无法入睡。

突然，一阵微弱的呼吸从对面吹过来，近在唇前的感觉顿时让伊雪熙不得不睁开眼睛。

尽管夜里有多昏暗，伊雪熙瞪得越来越大的瞳孔还是可以清晰看见眼前有一张属于男子的脸，他竟然就在自己面前！

“啊！”伊雪熙惊叫一声，狼狈地爬起来，慌作一团地摸索电灯开关。

台灯亮起来，一张几乎被遗忘的俊脸浮现在眼前，让伊雪熙倍加恐惧。

自夜烽搬走之后，伊雪熙还是习惯穿一些可爱的吊带睡裙，现在却骤不及防地暴露在男子面前，伊雪熙下意识抱着肩膀，用力喊：“你来这里干吗？为什么突然跑到我的床上来？”

“我是你未婚夫，出现在你床上是很正常的。”自从上次见面之后，南陌就像消失了一样，伊雪熙还以为可以摆脱这个麻烦的

包袱，谁知他又突然出现了。

“不要再说什么未婚夫，我不会再相信了！”伊雪熙喝道。

“玄邪是用你来弥补对我的伤害，所以你是属于我的。”南陌一步一步地接近伊雪熙，那双幽暗的眼睛轻轻眯起来，温柔不再，只剩阴森又可怖的杀气逐渐逼近。

后无退路的少女只能把自己的身躯抱得更紧，几乎用吼的力气喊道：“不要过来啊！”

“你在学校清高，在众人面前是个讨厌的公主，但为什么你会降低身价和夜烽同居？”南陌继续慢慢地靠近伊雪熙。

伊雪熙惊讶地瞪大了眼睛，发现南陌比想象之中了解自己更多，但她不敢轻易回应。

“如果我没有及时出现，你跟夜烽应该会做一些对不起我的事情吧？哦，不，现在好像换成那个红眼小子了。雪熙啊，王族的女人就要对丈夫从一而终，你这样做我会很为难……而且会很生气！”南陌越说越生气，像树林一样幽森的瞳孔同时瞪大了，激愤的声音划破了天地。

南陌大步走到伊雪熙面前，用强大霸道的力量拉开她的双手，强行把她压在墙壁上，再盯着她赤裸裸的脖子了。

“变态！放开我！”伊雪熙不顾手腕的疼痛拼命挣扎，可是南陌的力量比野兽还要强，她的双手就像被锁在手铐里似的，根本无法脱离。

南陌的脸颊微微抽搐了一下，很快就把野兽般的愤怒压抑下去，只是用冷冽的语气警告伊雪熙：“变态？我可是你未婚夫，下次不要让我再听见这个词语，你以后要叫我南陌大人，不然我不会帮你救出玄邪！”

“我自己可以救，不用劳烦大人你！”伊雪熙的倔强中带着挑拨的讽刺。

"他们算什么？你以为集合四种力量进入了黑夜流沙就可以救玄邪吗？"南陌讽刺一笑，冰冷得叫人的心也变寒了，"哼！雪熙，我告诉你，只有我才可以救玄邪。"

"什么意思？"

"很漂亮……"南陌勾唇一笑，没有回答伊雪熙的问题，反而把诡异的目光落在她裸露的肌肤上，伊雪熙根本不知道他的视线落在哪里，只有一种绝望得要求救的冲动。

是谁都好！就算夜烽也好！快来救救她吧！

"不愧是美人，连害怕都这么吸引人……"上帝好像没有听见伊雪熙的祷告，南陌的獠牙已经冒出来，迅速刺向洁白的脖子……

"不要——"伊雪熙哽咽一喝，心脏好像顿时脱离了身体，当视线只有一片模糊、脑袋一片空白时，南陌的脸颊突然定格在半空，伊雪熙的脖子竟没有感到被咬破的刺痛。

在定身咒钳制之下，南陌竟然可以跟影子分离，简单地破解了定身咒的法术。

"不要用小烟那些小招式来对付我！"当南陌讽刺地低喝一声，伊雪熙也睁开了眼睛，双手再次挡在胸前。

两虎相对，谁也不让，肃杀的气息划破天地。

突然，南陌冷冷一笑，望向伊雪熙，鄙夷不屑地说道："哼，你总有一天会来求我的，因为只有我才可以救玄邪。还有，我只容忍你一次，以后让我看见有任何男人跟你有牵连，我都会杀了他！"语毕，南陌转身大步走出伊雪熙的房间。

当可怕的背影彻底离开视线，伊雪熙虚弱不堪的双脚沉沉下坠，跪倒在地上。

夜烽蹲下来，轻轻抱着伊雪熙的肩膀，温柔地喃喃道："没事了。"

“为什么你会来？”伊雪熙抬起头来，穿过模糊的视线凝视着夜烽。

“我发现他在查你，觉得很奇怪，就跟踪了他。”

想起刚才可怕的一幕，伊雪熙脆弱的泪水失控地滑落了：“刚才他突然出现在我的床上……”

“他有没有对你做什么？”夜烽大惊失色，担忧如焚，又负罪隐匿，“啧，我不应该顾虑这么多，立刻走进来就好了！”

“他没有对我做什么，但是……”伊雪熙低头望了望自己的睡衣，声音哽咽了。

见状，夜烽立刻站起来欲给伊雪熙找一件外套时，那只不安分的手却紧紧捉住他的手臂。

夜烽再次蹲下来，看着瑟瑟发抖的伊雪熙，有点不知所措。无奈之下，夜烽唯有轻轻地把伊雪熙拥入怀中，用身体遮掩她的肌肤，用双手代替她的外套。

温暖袭来的瞬间，在伊雪熙眼眶里打转的泪水终于飞溅而出，心里莫名的酸痛一点点地滑落到夜烽的脖子上。

湿润的触感却让少年突然想起了一幕讽刺的回忆，夜烽不禁冷笑一声，问道：“不要吸我的血吗？”

伊雪熙无奈一笑，整颗心脏仿佛舒缓了下来：“你有被虐倾向吗？”

“或许是……”

“夜烽……”伊雪熙喊起了这个冰冷的名字，“他说……能够帮到父亲的人只有他一个……”

“不用怕，我会帮你找到玄邪，我会救你。”夜烽把伊雪熙搂得紧紧的，这个霸道的力度，却是他的温柔，此时此刻，伊雪熙才明白这个道理。

伊雪熙任由自己脆弱地闭上了眼睛，世界太纷乱了，她的脑

袋已经塞不下一个又一个问题。这一刻，她只想静静地沉淀下去。

2.

瘴气随着南陌的离开渐渐散去，但是恐惧却没有散去，它在一点点地督促着理智建立起来。

他们没有时间了，哪怕伊雪熙每天都在修炼，但以她一个人的力量根本无法打开黑夜流沙的封印，而且她根本不知道玄邪被什么人捉了，黑夜流沙里面到底藏着什么，一切都是未知的危险，包括南陌。

他们，不可以再坐以待毙了。

冷静地对坐，现在二人都知道自己将要面对的是多么诡异的敌人，前方，只有秘密，没有答案。

“你对黑夜流沙有什么了解吗？”夜烽终于打破了沉默。

“除了知道它是一个黑暗世界，其余都不清楚。”

“那我们至少得知道，它为什么要捉玄邪。”夜烽顿了顿，“但是一个世界怎么捉玄邪呢？是不是这个世界有人主宰，或者是谁把玄邪关进去了？”

“我父亲以前得罪过很多人，所以我也不知道是谁捉了他。”伊雪熙感到越来越绝望。

“先别想‘是谁捉了他’这个问题，你想想应该有谁能捉到他？”

伊雪熙猛地一愣，之前一直顾着担心，顾着努力，却没有想过这个：“我父亲虽然只是个毒药师，但是他也精通武术，我从来没有见过任何人可以打败他，而且父亲做事很小心，就算对我也是。他说女孩子不要学太多功夫，可以自卫就行了，因为他武功高强，所以就算他经常出外，我也不过问。”

“那你为什么确定他这一次是失踪？”夜烽愕然地问道。

“他外出最长的时间是三个月，但这次是一年多。自他离开三个多月之后我觉得不对劲，在他的房间里找到他的生命之树，之前生命之树一直是没有发芽的种子，但当我找到的时候它已经连同灵魂一起成长了。”

“那个会不会是玄邪留给你的记号呢？”

“记号？”伊雪熙的眼里冒出了希望的晨光。

“没错，或许他知道自己将会有一场劫难，还有，你不是精通占卜术吗？现在再占卜试试看有没有新的结果。”

伊雪熙愧疚地低下头，不得不坦然道：“其实我根本不是什么占卜师，当初我是想骗你才这么说，我只懂得占卜术的皮毛而已。”

夜烽微微一愣，仿佛有点生气，又很快冷静下来：“那为什么你知道自己是拥有‘控制’力量的人？”

“凭父亲的生命树指引再加上我的小占卜。”

“生命树？”夜烽站起来，望向梳妆台上面的生命树，又回过头凝重地看着伊雪熙，大胆问道，“你敢……让我试试吗？”

伊雪熙毫不犹豫地点了点头。信念一出，她要让自己坚定不后悔：“你用灵气感受我父亲的灵魂，然后我再为你占卜。”

夜烽点了点头，走到梳妆台前面，伊雪熙也坐在他身边，当夜烽用自己的灵气包围生命树之际，伊雪熙便在桌子的空白位置上画了一个阵图，用星座和生辰作占卜来源。

未等伊雪熙的结果出现，玄邪的生命之树竟然像心脏一样跳动起来！

二人同时惊讶地望向生命之树，那颗“心脏”缓缓生长了一条新的树枝出来，像血管一样包围着“心脏”蔓延开去。

伊雪熙立刻望向自己的占卜法，原来的数字全部消失了，只

剩下一个闪耀如星光的单词：power。

“四大力量包括：‘控制’、‘力量’、‘开路’和‘送信’，你真的就是其中之一的‘力量’？”

“一定要四大力量才可以开封吗？如果——”话音未落，夜烽的心脏突然感到一阵剧痛。

看见眼前的俊脸突然色若死灰，并下意识捂住心脏，伊雪熙担忧地扶着夜烽的肩膀，问道：“怎么了？心口痛？你受伤了吗？”

“我没有受伤……但是好像……有一种奇怪的力量……强行注入我的身体一样……”夜烽的声音沙哑起来，连说话也有点吃力了。

伊雪熙惊骇地望了望生命之树，惊呼道：“难道是父亲的灵魂吸了你的血？”

夜烽的心脏越来越痛了，像上百条血管同时被攻占一样，别说讲话，就连呼吸也快要被屏蔽。

“夜烽，你怎么样？真的很痛吗？”伊雪熙捧起夜烽的脸颊，眼看他急促地喘着气，自己已经不知所措，绞尽脑汁也想不出好办法，“怎么办？我拿灵丹给你试试看好不好？不，我用灵丹和我的血一起给你治疗，或许有效！”

夜烽用力捉住伊雪熙瑟瑟发抖的纤手，像一个垂死挣扎的病人般挤出最后的力气：“我能撑住，不要担心。”

伊雪熙把夜烽扶到床上，再次担忧地问道：“夜烽，我的血没有毒，灵丹也没有毒，你试试好吗？”

“我什么……都不要……你给我……乖乖待着！”断断续续的声音掩盖不了霸道的气息。

伊雪熙扁住双唇，双手游移到夜烽的手上，紧紧握住那双逐渐变冷的手。

眼看少年的眼睛越来越疲惫，伊雪熙担忧如焚的泪水不争气地滑落，为夜烽披上一层温暖。

夜烽用力撑开眼皮，望向泪水的来源。

“我死了你不是应该很开心吗？为什么要哭？”夜烽的呼吸顺畅了一点，只是十分无力。

“你死了谁帮我救父亲！”伊雪熙倔犟地反驳道。

夜烽冷笑一声，问道：“我很累……可以睡一下吗？”

“不可以！你醒不过来怎么办？”伊雪熙野蛮地反驳道。

“好吧，我不睡了。”夜烽轻轻扬起嘴角，罕见的笑容里暴露了没有隐藏的甜蜜与幸福。

伊雪熙把夜烽当做囚犯一样死死盯着，生怕他会违背诺言睡着了。

太阳的光芒渐渐照射到屋子里，没有窗户的房间一直被电灯的光芒照射得疲惫不堪。

“你真的没睡着。”不知道过了多久，凝视着夜烽的伊雪熙终于开口了。

“我都说过我能撑住。”

听到夜烽的声音终于恢复了一丝力气，少女的嘴角扬起了灿烂的笑容。

“我猜是玄邪注入了力量在我身体里，或者是我们都互相吸收了对方的力量，不如我们俩试试可不可以打开封印。”

“你不要把黑夜流沙想得那么简单，万一出了什么问题，可能你和我都逃不出来！”

夜烽抿了抿唇，再道：“如果暂时没办法的话，那我先回去了，整晚没有回家，他们可能会担心我。”

待夜烽一说，伊雪熙才猛地回神，慌忙松开双手。

尴尬的瞬间，门铃突然响起，伊雪熙才发觉原来已经是早上

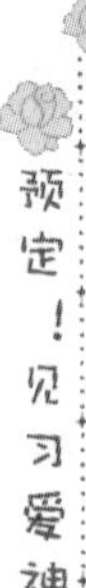

了。

“谁？”夜烽心有余悸地问道。

“应该是以凡，这几天他都来找我上学。”

夜烽微微一愣，脸上抹上了尴尬的神色，伊雪熙却没有看见，已经匆匆跑向客厅。

打开门之际，伊雪熙看见的是一张担忧如焚的俊脸。凉以凡仿佛不敢说什么，一如既往地对伊雪熙微微一笑，却掩饰不住心里的不安。

“你担心夜烽对吧？”伊雪熙问道。

“你怎么知道？”

伊雪熙一边带凉以凡走进屋内，一边解释道：“他发现南陌有点古怪，昨晚就跟踪了南陌，幸好有他，不然南陌就会吸了我的血。他为了帮我救父亲，受了点伤，现在还在休息。”

“受伤？”

伊雪熙有点愧疚，正视凉以凡解释道：“我之前没有告诉你，父亲被困在一个叫黑夜流沙的领域里面，需要四大力量才可以打开封印，而我就拥有其中一种力量，夜烽昨天试验自己是不是其中一种，结果出来了，可是他被我父亲的灵魂吸了血并同时注入了一种新的力量，所以受伤了。”

“难道你说的生命之树就是你房间梳妆台上的那棵植物？”

伊雪熙惊讶一愣，问道：“你为什么知道是那棵？”

凉以凡踏入伊雪熙的房间，一眼就落在生命之树身上：“我的红眼告诉我，它拥有一颗会跳动的心脏。”

凉以凡大胆地坐在梳妆台前面，双手游向那棵生命之树。

“以凡！”夜烽和伊雪熙不约而同地喊了一声。

“让我也试试。”凉以凡冷静地说道。

夜烽慌忙爬下来：“不要，那颗生命之树会吸你的血，你灵

力不是很强，接受不了那种力量。”

“我可以盗梦，或许我也可以征服它呢。”语毕，凉以凡便用双手抱着生命之树，趴在桌子上，不顾阻拦地合上了眼睛。

“你为什么不阻止他？”依旧虚弱的夜烽无法及时阻止凉以凡的疯狂行为，但近在身边的伊雪熙可以阻止。

少女无法解释，因为连她自己都不知道为什么没有行动。

看见愧疚不安的脸颊，夜烽收起了愤怒，撑着虚弱的身躯，默默地别过脸去。

“你坐下来休息一下吧。”

“我没事。”

“死撑！”

“伊雪熙你是不是长翅膀了？”

伊雪熙冷笑一声，带着似是讽刺又似是失落的声音说道：“夜烽，你变了，你现在比以前温柔了很多。”

夜烽的脖子更用力地扭过去：“我一向都是这样，只是看对待什么人。”

冷漠的声音狠狠打破了尚算温馨的气氛，伊雪熙突然惊醒，吸了一口气，转身走出房间。

半晌，让人担忧的凉以凡终于醒来了，他揉了揉眼睛，下意识喃喃道：“我在梦里看见很多绿色的植物。”

夜烽立刻走到弟弟面前，第一句便问道：“有没有哪里不舒服？心脏会痛吗？”

凉以凡天真地摇了摇头，笑道：“哪里都不痛，哥不用担心。”

伊雪熙闻声回到房间，目光却被生命之树吸引了，那个“心脏”再次跳动起来，一条跟夜烽同样的血管从“心脏”渐渐蔓延开来。

见状，眼睛瞪得大大的伊雪熙立刻给凉以凡占卜了一下，凉以凡的星座与生辰也跟夜烽一样顺利地转化成一个单词：way。

虽然很不想接受，但夜烽和伊雪熙也察觉到凉以凡就是四大力量之一的开路者。

"雪熙，我能帮你，对吧?"凉以凡猛地站了起来，紧张兮兮地问道。

夜烽大惊失色，立刻发出不可违抗的命令："以凡，我告诉你，这件事你想都别想!"

凉以凡刚才就已经焦急如焚了："但我怎么可以看着雪熙日夜为父亲担忧，再说那个南陌迟早会对付她的!"

"我会保护她的，你放心。"夜烽并不认为凉以凡能够帮助伊雪熙，但他也没有利用这个弱点攻击凉以凡的信心。

"但她是我的女朋友啊!"凉以凡不禁脱口而出。

夜烽呆了，凉以凡也呆了，可惜那句话已经收不回来。

"其实以凡你已经帮了我了，现在知道开路源头是植物，我会继续查下去的。"伊雪熙抿了抿唇，向夜烽说道，"以后我一个人处理就行了，你们都不要插手。"

3.

不知道是不是在小烟的强烈抗议下，夜烽变了，他开始对这个曾经令自己感到厌恶的少女温柔起来，甚至形影不离。

6 月 22 日，巨蟹座的第一天，凉家清清楚楚记得这是夜烽的生日，他想逃也逃不掉。

本来难得一家团圆的节日，夜烽想摆脱小烟，但小烟不知道从哪里听到风声，得知今天是夜烽的生日，死命喊着要给他庆祝。

无奈之下，夜烽唯有连小烟也带回家。小烟虽然很讨厌一起

前往夜烽家的伊雪熙，可是她也明白“礼貌”这个词的含义。

到达夜烽家，小烟收敛了脾气，主动向凉父凉母献殷勤。把这里当成自己的家一样，给大家倒水，还到厨房拿了刀子准备切蛋糕。

看到小烟把自己订的低糖酸奶蛋糕高调地展现在大家面前，越看越不顺眼的伊雪熙终于忍不住攻击小烟：“哪有人没吃饭就吃蛋糕的，你想献殷勤也不要这么夸张啊！”

“但是这个蛋糕是我亲自买给夜烽的啊，他当然会先吃我的蛋糕，对吧？”小烟娇滴滴地抱着夜烽的手臂。

夜烽冷冷地拨开她的手，低喃道：“先吃饭。”

“对了，先吃饭吧，沐泱做菜做得很辛苦。”一心偏向沐泱的凉母也忍不住脱口道。

“对了，沐泱呢？”夜烽问道。

“她为你做了一个蛋糕，想给你惊喜，所以偷偷躲在你的房间等你了。”凉母说道。

“什么？她居然在你的房间里？夜烽，你们俩到底是什么关系？”小烟压抑已久的愤怒爆发了，本来一个伊雪熙已经让她恨得牙痒痒了，没想到现在还要杀出一个沐泱来！

“她跟我们一起住，在我房间有什么出奇的？你不要再胡闹了好不好？”夜烽也变得不耐烦了。

“夜烽！”小烟嘟着嘴巴，欲发脾气，但在夜烽父母的目光之下还是收敛了。

看见小烟的妒嫉，伊雪熙抱着双手，竟然更放肆地攻击起来了：“沐泱跟他小时候就已经约定要在一起了，你算老几？要不是你威胁他会伤害沐泱，你以为他会跟你在一起吗？”

“呀！伊雪熙，你现在是凉以凡的女人了，凭什么管我们的事？难道你还对夜烽余情未了吗？”

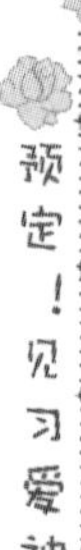

小烟因怒火冲天而爆发的秘密顿时引起了凉父凉母的注意，当二人惊讶莫名时，听到吵闹声的沐泱捧着蛋糕走下来。首次用愤怒的神色面对别人的沐泱，像一个挺身而出的姐姐，狠狠盯着小烟，咬牙切齿地反驳道：“请你不要在这个家里发脾气，也不要无理取闹地把责任推在别人身上！”

小烟一见沐泱，勃然大怒，大步跑上前，一手推掉沐泱手上的蛋糕：“你凭什么过问我们俩的事情？不要以为老是装出可怜兮兮的样子我就会心软，这种虚伪的人我见多了，你骗得了夜烽，骗不过我！”

面对小烟的无理取闹，整间屋子的气氛沉寂下来。

夜烽抱着小烟的肩膀，带动她走向门口：“今晚我想跟家人好好吃一顿饭，你先回去吧，我明天再找你。”

“你这是什么意思？伊雪熙是你的家人？沐泱是你的家人？那我是什么？”小烟站在原地，坚决对抗到底。

“小烟，不要得寸进尺好吗？”夜烽不耐烦地低喃一声，充满令人畏惧的杀气。

感受到夜烽的底线警告，小烟抿了抿唇，只能不忿地哼了一句：“好吧，你也要有分寸啊！”

走到门口，小烟又赖着不走，双手伏在夜烽的胸膛上，娇滴滴地要求道：“亲我！”

“小烟！”夜烽的气息已经弥漫着火药的炽热。

“不行，我要你亲了我再走！”小烟继续撒娇，而且提高了声调，是刻意做给“情敌”看的。

夜烽没有察觉到身后那些焦急如焚的目光，于是不情愿地捧起小烟的脸颊，在刘海上印下轻轻的一吻。

“好了，不要再胡闹了！”夜烽不耐烦地命令，以免小烟继续为难自己。

小烟吐了吐舌头，带着不太满意的战利品转身离去。

关上门的一刻，屋子里再次变得平静。

夜烽转过身去，发现一双鄙视的眼睛正狠狠瞪着自己。

当夜烽不知道如何面对伊雪熙的愤怒时，沐泱却识趣地以吃饭的话题打破了僵局。

这一顿饭，算是夜烽回来之后吃得最宁静的一顿饭了，虽然大家都聚在一起，可是根本找不到一个话题，每个人的心里面都埋藏着秘密。

生日派对不欢而散，凉以凡打算送伊雪熙回家，少女却强行上了一台出租车，独自回去了。

饭后，夜烽早早洗澡回到房间，躲进黑暗的被窝里。凉以凡洗澡后却没有回到一楼去为满怀疑惑的父母解答问题，反而偷偷走到夜烽的房间里。

门再次被关上，夜烽察觉得到一个关心自己的人进来了，不得不掀起被子。

凉以凡压住被子，一边爬到床上，一边说道："不用起来了。"

夜烽突然有一种不好的预感，神色也变得沉重起来。

凉以凡就这样凝视着他，半晌，才挤出沙哑不堪的声音："哥……如果……如果你不喜欢小烟的话，就不要勉强了。"

"我很勉强吗？"夜烽反问道。

"哥，难道在我面前都要掩饰吗？你明明就不喜欢她！说漂亮，沐泱比她漂亮多了，说心地和性格，沐泱也比她好多了，就算你不喜欢沐泱，只要一开口会有很多女生为你疯狂，为什么一定要选小烟？是不是有什么特别的理由呢？"凉以凡说了一大堆。

"你指的特别理由是什么？"

凉以凡愧疚地低下头，不敢正视夜烽，像一个犯了很大错误

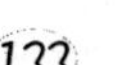

的孩子。

“你指的特别理由是不是伊雪熙？”凉以凡不好意思开口，夜烽便直问道。

凉以凡惊讶地望向夜烽，欲逃避的瞬间，理智又让他勇敢地正视哥哥：“你真心回答我好吗？你是不是还喜欢雪熙？”

“为什么要用‘还喜欢’？我不是说我从来没有喜欢过她吗？如果我喜欢她，我紧张她，以前我会那样对她吗？那天晚上我的确是跟踪南陌，我觉得这个人不简单所以才这么做。我说我会保护伊雪熙，是因为我不希望你遇到任何危险，你虽然有很特别的力量，但你没有攻击能力啊，你觉得我说得对吗？”夜烽的手游移到凉以凡的后脑，轻轻抚摸着他的秀发。

只见凉以凡默默抿着唇，一句话也说不出来，夜烽便继续说道：“我跟伊雪熙的事情已经过去了，真正地过去了，我不会再为她做什么，所以你要把这个想法狠狠切除，你只要相信一句话就行了——我不喜欢她！”

“对不起！”凉以凡激动地呼喊一声，扑向夜烽怀里，紧紧抱着他。

夜烽低头，手依旧在抚摸着这个受伤的孩子：“你没有对不起我。”

“哥，不要再安慰我了，就这样让我抱着你吧。”

夜烽没有再说话，手轻轻环绕着瑟瑟发抖的身躯。

4.

6月下旬，哪怕是早上，焦沙烂石的炎热也让人充满烦躁。在离别的火车面前，太阳把少女摇摇欲坠的眼泪照射得格外清澈。

这个消息太突然了，伊雪熙猝不及防，情绪也无法掩饰。

她真的不讨厌沐泱，真的，可是她此时这一句话也说不出口。

沐泱把行李搬到火车上，把王奶奶安置好，又回到火车门外，跟伊雪熙面对面，沐泱感到一种赤裸裸的透明感，二人之间好像真的没有任何隔膜。

“为什么要走？”伊雪熙终于问出口，她知道火车快要开了。

“我不适合这里。”沐泱微微一笑，却苦涩不堪。

“为什么不适合？你们跟他们不是相处得很开心吗？因为小烟？你害怕小烟吗？如果是她的问题，我帮你解决！”伊雪熙虽然没有说出自己的解决方法，可是杀气已经弥漫满天。

沐泱沉重地摇了摇头，傻乎乎地笑了笑，天真地说：“光年哥哥现在变了，我没有办法走进他的世界，留下来只会成为他的包袱。”

“什么包袱？你知道吗，夜烽不知道对你多好，他很紧张你，很爱护你，而且你令他有温暖感，我以前从来没有看见夜烽会笑得这么甜，难道这样也是包袱吗？”

沐泱微微翕动了一下僵硬的小嘴巴，宛如一个快要断气的病人，垂死挣扎地吐出最后一句话：“雪熙，很感谢你一直以来对我这么好，除了夏家之外，没有人会对我和奶奶这么好了，我真的很感谢你！”语毕，沐泱走进火车里，一口气跑到自己的座位上。

沐泱的座位是窗口位，伊雪熙慌忙跑到那个位置时，火车已经响起了准备启动的警告声。

伊雪熙焦急地把双手伏在火车上，脱口问道：“沐泱，你真的要走吗？你不是说会等夜烽一辈子吗？”

“他不爱我，我等他一辈子，可他连利用我的机会都没有留给我。”车启动了，慢慢地把两人分开，像一幅支离破碎的画像。

沐泱失控地趴在窗口上，用尽力气嘶喊，“帮我好好照顾光年哥哥，免得他伤心孤独。”

强忍已久的泪水终于飞溅到伊雪熙的脸上，心脏随着分离的画面被撕裂了，连伊雪熙自己也分不清到底那是她的泪水，还是自己的泪水。

“对不起，我做不到。”伊雪熙默默回答，一字一字地刻在心脏上，就像一条永远都无法愈合的伤疤。

行尸走肉般的少女一步一步地回到家里，呆坐在沙发上，她没有关门，因为她在等一个人。

伊雪熙不敢前往夜烽的家，因为她只想见夜烽一个人。

突然，一个高挑的身影踏入屋内，敲醒了伊雪熙麻木的脑袋。

四目相对，二人都没有说话，好像不是不想说，而是有点不知所措。

愁眉不展的伊雪熙被这双冷静却散发着一丝从未有过的温柔的眼睛慢慢穿透了，本已经变得麻木了的哀伤又突然汹涌到眼眶，化成摇摇欲坠的波光。

夜烽惊讶地走到伊雪熙面前，蹲下，迟疑地翕动着两片僵硬的薄唇：“怎么了？”

伊雪熙却像个需要深切治疗的病人一样连声音也发不出来，夜烽只是从那“MU”的嘴形看出了话题重点，有点心急地发问：“怎么了？沐泱出事了？”

伊雪熙咬了咬唇，不知道该点头还是摇头，让夜烽更急了：“不要不说话啊，告诉我，沐泱真的出事了？但我今天一早就跟小烟在一起了，难道她叫南陌去伤害沐泱？”

脱口而出的话让伊雪熙变得震惊起来，愤怒也随即从喉咙冲出来了：“你整天跟小烟在一起？今天沐泱和王奶奶偷偷上了火

车，她不想连累你所以走了！她曾经说过会等你一辈子，可惜她说你连让她被利用的机会也没有留给她，在她这么伤心的时候，你居然去风流快活？”

夜烽先是惊讶一愣，可是他很快又冷静下来，让人看不透。夜烽利落地转过身去，然后不发一言走出伊雪熙的大屋。

伊雪熙有点不明白为什么她简单的一句话，竟然要跟夜烽见面说，她为的，不是要看夜烽这张像扑克一样的脸颊。

小烟跟夜烽依旧是形影不离，不，与其说是形影不离，倒不如说是贴身胶布。

看着夜烽从伊雪熙的屋子走出来，那张俊美无瑕的脸颊上没有任何被亲吻过的痕迹，留下的只有沉重如山的伤感。

小烟不想再惹夜烽生气，她跑上前抱着夜烽的手臂，忍不住发问：“怎么了？从里面走出来样子就全变了？”

夜烽用力地眨了眨眼睛，深呼吸一下，过了几秒才回答：“没什么。”

小烟不喜欢他的回答速度，于是她把夜烽的身体压住，让他停顿下来，再盯着他，审问道：“你到底怎么了？难道跟伊雪熙在里面做了些什么？”

夜烽像个失去了灵魂的人，没有听见小烟的话，也没有看见小烟的愤怒。见状，小烟抿了抿唇，踮起脚尖，亲吻了一下夜烽的薄唇，可是夜烽依旧放空了脑袋，对小烟的投怀送抱无动于衷。

小烟愤然作色，狠狠踢了夜烽的腿一下，气鼓鼓地喝道：“我给你最后一次机会，真的是最后一次了，你不要再让我伤心，不然我真的对你不客气了！”

麻木的少年终于有了一点疼痛的感觉，却只是疼痛，眼睛和耳朵依旧感觉不到小烟的存在。

Chapter 09
人事已非

1.

冷冽的寂静气息，是全世界的空气，是全世界的恐惧。伊雪熙总觉得有一双诡异的眼睛在盯着她，比血红色的瞳孔更诡异。

自从沐泱离开之后，不，应该说自从昨天下午夜烽从她家离开之后，她就开始有这种感觉了，只要离开屋子，就有一种阴森森的气息跟着她。

这种气息令人十分不安，因为它不像夜烽那样隐藏起来不被察觉，它像南陌那样妖力浓烈，所以连炽热的阳光也掩盖不了。

她从来都不喜欢捉摸不透的事物，她习惯了控制，害怕被控制。

忐忑不安的伊雪熙午休时就回家了，因为她要证明是否连在家也会被监视。

幸好回到家里之后，这种感觉消失了，伊雪熙不想外出，于是一如既往地叫了外卖。

天气炎热，外卖的服务员提议客人加一杯新出品的蔓越莓饮料，伊雪熙已经没有心情去研究这些，就随便答应了。

外卖 15 分钟左右送到，伊雪熙带着疲惫的心情掀开了精致的饭盒和果汁杯盖，打算先喝一口的时候，一种奇怪的气味呛到了她敏感的鼻子。

本来娇生惯养的伊雪熙对食物已经很挑剔，尤其是这杯饮料里面居然散发着血的味道！

谨慎的少女马上警觉起来，那个暗地里的“敌人”没有进入

屋子，而是从另一个途径去对付自己？

伊雪熙把果汁拿到父亲的试验室里，将果汁倒在一个容器中，然后把它的成分进行分解。

结果果汁可以分成四个部分：糖水、浓缩果汁、水和另一种血红色的液体。

伊雪熙把这份检测不到的液体拿起来，仔细闻了一下，刚才奇怪的气味就是从这种液体中散发出来的。

如果这些真的是血的话，那会是谁的血？难道——

伊雪熙的脑海中突然浮现了一个可怕的想法！她能想到，就代表别人都能想到！伊雪熙觉得自己不能怠慢了，她快速割破了自己的手指，放在另一个容器里，并发现自己的血液跟果汁里面抽取出来的血液颜色是一致的，跟一般人类的血液不一样，她的血液和果汁里的血液都像水，浓度较小，而且同样散发着一种奇怪的味道，要说她和果汁里的血液唯一不的地方，那就只是果汁里的血液血腥味更浓烈。

难道这是南陌的诡计？如果这是他的血，那么伊雪熙喝过他的血之后，就会变成一只真真正正的吸血鬼？一想到这里，伊雪熙恍然大悟，她猛地明白为什么喜欢称王称霸的玄邪突然退隐，她记得母亲自尽的时候，自己还很小，父亲当时很难过，却没有因此退隐，反而疯狂了一阵子，想借扩大自己的能力来发泄，但后来某一天竟然说要退隐，看来是遇到害怕面对的敌人了。

夜烽曾经问过，有谁能够捉走玄邪？本来连伊雪熙也想不到的答案，现在却自动浮现了。如果这些血液真的是属于南陌，跟踪她的人也是南陌的话，那么玄邪失踪一事或许跟南陌有关。

与其坐以待毙，不如先下手为强！

伊雪熙决定离开凉以凡一段时间，她要查清楚南陌的底细，她不可以连累凉以凡，也不可以被他知道。

下午伊雪熙向老师请了假，放学的时候，凉以凡一如既往地来教室接她，可是今天，她不能再跟凉以凡一起放学回家了。

她告诉凉以凡，自己终于和一个父亲的好友联系上，她打算去找他帮忙，因为那个好友脾气很怪，不喜欢陌生人，所以她必须一个人去。

凉以凡很信任伊雪熙，所以他并不担心，难过的是他觉得自己不能为伊雪熙做些什么。

当伊雪熙还在懊恼如何摆脱南陌的跟踪时，却发现那种气息消失了。不管会有多危险，她都不会放过任何一个机会。

放学后，伊雪熙躲在小烟每天必经的路上，和往常一样，夜烽没有送她，于是伊雪熙默默跟踪这个与南陌关系紧密的少女。

小烟好像从来没有要求过让夜烽送她回家，当伊雪熙发现小烟的住处是一个很偏远的地方时，她才意识到这个问题。

难怪小烟不想告诉夜烽她的住处！

小烟的脚步停留在一间已经荒废了的大屋外，这里曾经是坟场，虽然改建了，但因为没有什么人敢住，已经被政府征地了，现在准备改建成火葬场，附近的人也搬走了，就只剩下几间还没有拆掉的房子荒废在那儿。

只见小烟走进其中一间旧得连玻璃窗也支离破碎的屋子里，伊雪熙便也大胆走近。伏在破烂的玻璃窗外，她发现里面好像连电灯也没有，只是靠古老的蜡烛来维持光亮。小烟走进屋里，把包丢在古老又破旧的沙发上，然后向屋子深处喊了一句：“哥，我饿死了！”

“进来吧！”屋子深处传来南陌的声音，伊雪熙立刻随着声音来源绕至另一个房间的窗边。

“咦，又是女的，哥，你下次找个帅哥给我行不行？”听见小烟埋怨的声音，伊雪熙随即找到了房间位置，当她小心翼翼地从

窗户张望屋子里面的情况时，顿时被吓了一跳！

房间弥漫着血的味道，一个惊骇的少女被捆绑在椅子上，用骇恻的瞳孔死死瞪着小烟，连摇头的力气也使不出来。

“一次吸两个人的血太浪费了，而且如果失踪人口多了的话就有后事要烦了。”南陌回应道。

小烟鄙夷不屑地扫了花容失色的少女一眼，冷冷道：“哥，这个女生又是从哪里骗回来的？”

“自动送上门的。”南陌半躺在椅子上，懒懒地盯着那个胆战心惊的少女。

“哥，你这样难道不怕被伊雪熙发现吗？”

说起伊雪熙，南陌的嘴角勾起了诡异的微笑，轻眯起了眼睛，那个阴森又充满欲望的神色让人不寒而栗：“她很快就是属于我的了……”

“伊雪熙真的有那么漂亮吗？连你都为她着迷！”小烟忍不住埋怨一句，再走向色若死灰的少女面前……

仿佛因为恐惧的喘息，南陌察觉到窗外有什么生物，目光下意识望向她这边。

突然，一只大手从背后捂住伊雪熙的嘴巴，把她拉到窗口后面，让她紧紧贴在墙壁上。

南陌果然谨慎地走到窗口看了一眼，但因窗户玻璃破碎了，他懒得推开窗户，见没有发现什么问题便回到房间里去了。

伊雪熙没有心情去理会是谁救了自己，只管跟着那个拉住自己纤手奔跑的人离开这个死亡境地。

小烟吸血的一幕深深刻在伊雪熙的脑海中，如果今天喝了南陌的血，或许她也会像他们一样，今后要依靠吸血为生，成为一只彻彻底底的怪物。

当伊雪熙被这个可怕的想法惊醒时，模糊不堪的目光才迟疑

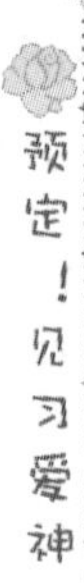

地发现了眼前的背影，那高挑瘦削的身形不是敌人，她敢肯定，于是不禁向熟悉的人心有余悸地说道：“我不想变成他们那样子！”

夜烽突然停下了脚步，转身，二话不说就将伊雪熙搂入怀中。“不会！我不会让你变成那样的！”

伊雪熙的目光不禁落在这个裸露的脖子上，她曾经狠狠地吸过他的血，就像小烟他们一样。幸好，他还健在。

“原来杀人的感觉一点都不过瘾……”伊雪熙躲在夜烽矫健的怀里，虚弱地喃喃道。

“你现在不是很正常吗？”夜烽轻推开伊雪熙，皱着眉头看她。

伊雪熙摇了摇头，喃喃道：“我今天差点就变成他们那样了。中午的时候我叫了一份外卖，发现果汁有血的味道，后来检验了才发现，果汁里的血液跟人类的血不一样，但却跟我的相似，同样是比较鲜艳和散发着一种奇怪的气味，我怀疑果汁里的血是南陌的……如果我喝了他的血，是不是也会变成一只怪物？不，我是不是迟早会变成一只怪物？”伊雪熙单纯地凝视着夜烽，极力从他的眼神里找到答案。

夜烽微微一惊，抿了抿唇，冷静地安慰道：“你现在没事就好了，不要想太多。”

缓缓清醒过来的伊雪熙惊讶地望向夜烽，迟钝地察觉到他竟然会在这里，不禁问道：“你跟踪我干什么？难道你还紧张我？”

夜烽一听，勃然大怒：“你现在说这种话有什么意义？难道你忘记了自己的身份吗？我警告你，如果敢令以凡伤心，我一定不会饶恕你！”

伊雪熙抿了抿唇，别过脸去，用冷静的语气再道：“我原来还以为是南陌派人跟踪我，原来是你。”

“是他派人跟踪你。”

伊雪熙再次震惊地望向夜烽，却说不出话来。

“下午我杀了那只妖怪，你有没有发现放学之后就没有被跟踪的感觉了？”

事情的确是这样，伊雪熙不得不点头承认。

“南陌没有亲自监视你，只是派了一只没用的妖怪，连自己的妖气都隐藏不了。”夜烽抿了抿唇，语气变得沉重起来，“但这一次失败，南陌很快会知道的，我一定要比他先下手。”

“这是我的事情，我自己会解决。”

“不，交给我去办。”语毕，夜烽立刻转身，心急地迈出脚步。

“为什么你老是要管我的事？”伊雪熙跑上前，拉住夜烽的手臂，他却连头也不肯回。

“我都说是为了以凡，难道你还想有别的理由吗？”夜烽几乎用吼的声音去反驳。

狠心的话语敲醒了伊雪熙的脑袋，她再也没有理由去怀疑，再也不可能有理由去怀疑了。

2.

“伊雪熙说最近有人在跟踪她，叫我搬到她家里住，然后保护她。”夜烽冷冷地说道。

“为什么？她为什么要你保护？你们还在藕断丝连？”小烟一听就火冒三丈，简直想立刻掐住伊雪熙的喉咙。

“小烟，你把我夜烽当什么了？流氓还是软弱无能的人啊？我说了不喜欢她就是不喜欢她，我现在只是担心会破坏她和以凡的关系，人间真是麻烦，我好想离开这里。”夜烽越说越气愤。

“为什么这么突然？难道是因为沐泱的关系？”小烟依旧心存

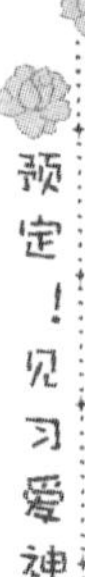

怀疑。

“我想离开很久了，其实这个家我也不想回的，要不是当时心软……我现在后悔极了。”

“那么离开他们吧，我也不喜欢他们！”

“但他们会找我，也会找到我的，除非我离开人间。”

“那么你想去哪里？难道这是你想离开我的借口？”小烟的防范心理又建立起来了。

夜烽握紧小烟的纤手，接下来的一句话让小烟对这段感情一下子改变了想法。

“小烟，不如我们结婚吧，去你的世界，让你的家人见证我们的婚礼，然后我就留在你的王国生活。”

夜烽变了，过去冷漠如霜的他变了，小烟这一次没有再去怀疑，她很乐意相信这个事实，很乐意接受美好的未来。

小烟的纯吸血王族坐落在魔界，走进一个玉宇琼楼般的宫殿里，小烟无需任何令牌和身份证明，就可以昂首挺胸地走进宫殿深处，大家看见她会恭敬地鞠躬。夜烽好奇地问了一句小烟是不是这里的公主，她也只是笑而不答，好像还是有心隐瞒自己的身份，直到当小烟给夜烽安排了房间后，一个长着獠牙的吸血鬼匆匆跑过来。看着他二话不说便向小烟下跪，夜烽便可以肯定小烟的地位非凡。

“小烟大人，到底南陌大人什么时候才回来啊？那些大臣们都很难搞，我快挺不住了！”吸血鬼向小烟诉苦。

小烟担忧地望了望夜烽，又瞪了吸血鬼一眼，低喝一句：“鸦，你聪明一点不行吗？真不明白哥为什么要重用你！”

“有什么我不能知道的吗？”未等鸦回应，夜烽便好奇地问道。

“没有，当然没有了！”小烟看似理直气壮地脱口，脸上却布

满心虚的神色。

“不想被我知道就算了，我不打扰你们了。”夜烽欲走出寝室，却被小烟拉住了。

“夜烽，你说什么？妨碍我们的可是他呢！”小烟娇滴滴地抱着夜烽的手臂，再向鸦命令道，“鸦，这是夜烽，我要跟他结婚，你去给我准备一下。”

鸦望了望夜烽，又望向小烟：“小烟大人，鸦不明白小烟大人的意思，你是要我怎么准备呢？”

“随便准备点婚礼的基本仪式不就行了吗？笨蛋！”小烟气得皱起了眉头。

“等等！”夜烽喊住欲匆忙离去的鸦，再望向小烟，埋怨道，“我们结婚这么重要的事情，随便弄个仪式就行了吗？难道你不要告诉你的全部族人你要跟我结婚吗？是我配不上你还是你有什么秘密不想让我知道呢？”

“夜烽你这两天怎么这么多问题？”

“你之前不是也一样多问题问我吗？不想回答就算了，我不喜欢强人所难。”

“怎么会呢！既然你喜欢轰动的，我就请全国人民来观礼吧！”

“就凭你？”夜烽勾起讽刺的嘴角笑道。

“什么就凭我，你都猜到了，我可是这里的公主，只不过我离家出走了一段时间而已嘛！”

夜烽点了点头，然后小烟便心急地赶走了鸦，不安分的双手紧紧搂在夜烽的腰间，甜蜜地凝视着他。

“现在很晚了，我们赶路赶得这么累，你不去休息吗？”夜烽问道。

“你很希望我去休息吗？”

夜烽冷冷一笑，诱人的手指游移到小烟的脸颊上，轻轻挑逗着她光滑的肌肤："不然你想怎么样？"

小烟露出甜蜜如丝的笑容，她合起眼睛，少年的诱惑气息降落在樱唇上，一点点地解开樱花封印，把炽热的气息传递到湿润的喉咙里。

当筋骨也酥麻起来的小烟打算把整个人都奉献给夜烽时，不懂可人心的少年却轻轻抽离了亲昵的吻，没有延续浪漫。

小烟依依不舍地扣住了夜烽的脖子，娇小曼妙的身体紧紧贴在夜烽的胸膛上，微微嘟着嘴巴，似是生气，又似是期待。

夜烽不解温柔地把小烟的双手拉开，扬起淡淡一笑，再道："我们没有结婚，有些事情还是留在结婚之后吧，不然会被人说闲话的。"

"这里除了哥哥就是我最大，没人有权利给我们主持婚礼，也没人敢说我半句坏话！"

"乖，再等几天吧！"夜烽在小烟的刘海上印下一吻，然后丢下小烟走出寝室。

夜烽追上没走多远的鸦，只见吸血鬼对他恭敬地点了点头，并停下来听命，夜烽便大胆地说道："小烟让我去见一见那个被南陌捉回来的玄邪，你带我去吧。"

鸦明显惊讶地愣了愣，他在小烟面前傻乎乎的，可在外人面前则谨慎得像只刺猬，完全是一个双面人。鸦小心翼翼地打量了夜烽一下，说道："对不起，没有南陌大人的命令，谁也不可以见他。"

夜烽点了点头，默默走向自己的寝室。

少年偷偷咬着下唇，虽然暂时救不了玄邪，但他起码证明了一个事实。

二人的婚事迅速传遍整个王族，小烟认为夜烽这一次再也没

有逃脱的机会了。

然而时间一日一日逼近，夜烽却毫不紧张，整天与王族的大臣谈天说地，特别是南陌重用的鸦。

鸦是一个很忠心的奴隶，虽然他并不聪明，但自小就跟随南陌，所以南陌继承纯吸血王族的王位之后便开始重用鸦。

夜烽从鸦口中得知南陌跟小烟其实原本已有婚约，但因为他们的母亲离开了王族，南陌一气之下就杀了颓废的国王，并推翻婚约，一心娶另一个妹妹伊雪熙，所以小烟才会如此憎恨伊雪熙。

如果南陌真心喜欢伊雪熙，两家冤孽或许会化解，不管这个是真是假，也不能让伊雪熙当做牺牲品去陪葬，而小烟也是留不得的，她迟早会知道夜烽来魔界的原因，一定会找伊雪熙报复。

天真的鸦好像已经把夜烽当做兄弟了，婚礼前夕誓要跟夜烽度过最后一个秉烛夜谈的机会，而且要跟他喝酒到天亮。

夜烽整晚滴酒不沾，一来他不喜欢喝酒，二来他害怕酒里面有毒。

傻乎乎的鸦好像没有发现夜烽只是一直把酒倒在地上，没有喝过一杯，而他自己却喝得醉醺醺的，他一手搭着夜烽的肩膀，吐出连自己也不是听得很清楚的话：“告诉你，除了南陌大人之外我谁都不想帮，现在我把你当兄弟了才告诉你，小烟大人可不是善男信女，当初南陌大人也是怕了她才推翻婚约的！”

“我知道，但我已经陷得很深了。”夜烽笑道。

“哈哈。”鸦讽刺一笑，“看我们这么能聊，在你踏入婚姻坟墓之前我答应你一件事！”

“什么都可以？”

“当然！”

“那么让我去见一见玄邪？”

鸦笑了笑，想也没想便答应了夜烽的要求。少年的眉头猛地抽搐了一下，兴奋的神色又迅速淡化下来，恢复了很久没有出现过的冷静。

就算鸦真的喝醉了，他真的会破例带夜烽去见一级“重犯”吗？

当夜烽满怀疑惑之际，鸦站了起来，拍了拍夜烽的肩膀：“来吧，我们现在就去！”

“这么快？”夜烽感到肩膀上的沉重后，眉头锁得更紧了。

“现在不去等什么时候？结婚之后小烟大人就跟你寸步不离了！”

夜烽点了点头，微微一笑：“谢谢了，你先出去等我一下吧，换了衣服我就出来。”

“还换什么衣服？”

“你有所不知，我跟玄邪以前有过节，我要换了以前那套衣服跟他见面，那样才能让他立刻记起我，况且只有一次机会，我不想这么随便。”

鸦无奈地点了点头，最后选择走到门外。

夜烽的寝室很宁静，隔着厚厚的墙壁，鸦听不见夜烽换衣服的声音，但是过了很久，他还是没有出来。

心感不妥的鸦终于忍不住敲门，但夜烽依旧没有回应，于是他便放肆地踢开了大门。

空荡荡的寝室一如既往地摆放着那些精美的物品，唯独更具观赏性的少年却消失在寝室里。见状，鸦顿时三魂出窍，立刻跑去通知小烟。

待嫁的公主不在寝室，却在一个地牢里苦苦等待，她不愿意等到有人进来，谁知鸦却打破了她的希望。

“小烟大人，夜烽不见了！”

“什么？”小烟惊骇地站起来瞪大了眼睛，“你不是跟他喝酒的吗？”

“是啊！后来我说答应他一件事，他的反应就如你所料，要求见玄邪，但他说要换衣服，我在外面等了很久，发现不妥，进去时却已经……”

“笨蛋！”小烟勃然大怒，一手掴在鸦的脸上，狠狠地把他打得倒退了两步。

“他真聪明，猜到我可能在试探他！”小烟一边赞扬夜烽，一边却焦急如焚。

“小烟大人，要去追他吗？应该跑得不是很远！”

鸦的话让小烟冷静下来，愤怒渐渐化成怨恨，转移到夜烽身上：“让他走！既然他这么想要保护伊雪熙，我就要伊雪熙在他面前慢慢被我折磨而死！就算以后他要跪在我面前，我都绝对不会原谅他——”

最后的怒吼，划破天地，留下长长的回音，如同根深蒂固的恨。

3.

夜烽外出的整整一个礼拜，伊雪熙没有一天安宁。监视的眼睛，诡异阴森的邪气，来自四面八方，让伊雪熙无法躲藏。她每天都在集中精神，努力修炼，可身体却变得越来越差了。

伊雪熙觉得自己的气息很弱，身体很痛，就像一个生物在蜕变。她很害怕，不想变成像小烟一样的怪物，可是她抵挡不了命运的来袭。伊雪熙发现自己的手臂上开始出现淡淡的魔纹，它跟南陌的眼睛一样，是幽暗的紫红色。不知道自己什么时候开始已经中了南陌的毒，可是追究这一切已经没有用了，因为她的身体正在慢慢改变。

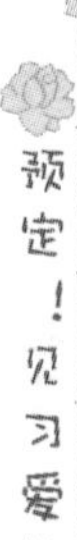

伊雪熙去学校请了假，她害怕这个可怕的魔纹会生长到衣服以外的位置，若在夏天穿长袖上学肯定会引人好奇。

第八天，每日生长一点的魔纹终于从T恤的袖子显露出来，就在伊雪熙不知道如何是好的时候，门铃突然响起了。伊雪熙想也没想便冲出客厅，她一直在期待救星归来。

打开门的瞬间，骤不及防的伊雪熙顿时惊骇得欲转身逃跑，但已经来不及了，她只能抱着手臂，掩饰那微微露出来的魔纹。

“以凡，怎么突然来了都不说一声？”伊雪熙心虚得不知道该说些什么。

“我担心你。”凉以凡踏入屋子，走到伊雪熙跟前，仿佛怕少女会把他拒于门外。

“哦，对了，我父亲的朋友说要亲自来找我，我就在这里等他，没有外出了。”伊雪熙拼命圆谎。

凉以凡没有说话，直接把伊雪熙搂入怀里。少女惊讶地愣了愣，不知所措之际，凉以凡又倏然抽身，脸颊凑向伊雪熙，少女还没有来得及眨眼，长长的睫毛就感觉到凉以凡近在眼前，过了一会儿，伊雪熙才敢确认他在亲吻自己。

激烈的力度跟凉以凡的性格完全不成正比，伊雪熙甚至有点怀疑是谁利用他的外貌来欺骗自己，可是少年把她抱得很紧很紧，就像夜烽一样，完全没有给人喘息的机会。

身体的能量好像被一点点地吸取，伊雪熙感到越来越忐忑不安的时候，门外响起了停车声，少女趁机推开了凉以凡。

伊雪熙先是难以置信地看了他一眼，再把尴尬的视线游移到外面。的确是有一辆出租车停在了门前，车内的少年正惊讶地凝视着他们，仿佛不愿下车，只是被发现后才不得不尴尬地走出来。

“回来了？”伊雪熙不禁笑逐颜开地跑到夜烽面前，兴奋得宛

若重获新生。

“哥！”看见离开了八天的夜烽，凉以凡也幸福得像要被炸开一样，立刻跑上前给哥哥一个温暖的拥抱。但凉以凡很快又松开了拥抱，担忧地打量着夜烽的身体，仿佛害怕他会受到什么伤害。

夜烽欣然一笑，搭着凉以凡的肩膀，说道：“放心吧，我什么事都没有，还证明了一件事，玄邪的确是被南陌捉走了，不过小烟和南陌的王族在魔界势力很大，而魔界的结界很强大，瘴气层邪气很浓，小烟是因为身份特殊才可以两地游走，我们这些没有特权的人可能连结界都破不了。”

“但是南陌为什么要捉走我父亲？”伊雪熙愁眉紧锁，满怀疑虑。

“我想大概是因为之前玄邪跟他的母亲在一起，他的母亲离开后，国王思念成病。南陌这个人非常狠毒，他因为看不惯父亲颓废的样子，便亲手杀了他，继承王位，稳定下来后，又开始寻找玄邪。我猜玄邪就是听到他得到王位的消息才退隐的吧。除此之外，我还打听到一个秘密，听说你母亲不是自杀的，而是国王娶她的时候在她身上下了毒，如果她离开国王就会毒发身亡。”

伊雪熙震惊地瞪大了眼睛，脑袋也像被炸开了一样。凉以凡立刻走到女友身边，紧紧抱着她的肩膀，给以无形的支持。

看到这个温馨的场面，夜烽的脑袋突然开窍了，解释道：“之所以我一回来就找她，是因为我怕小烟会回来对付她。”

“为什么？哥你现在跟小烟怎样了？她有做什么很过分的事情为难你吗？”凉以凡皱起了眉头，担忧的心分成了两份，放在两个同样重要的人身上。

“没什么，只是被她发现我去魔界的目的后闹翻了，所以我担心她会回来。”

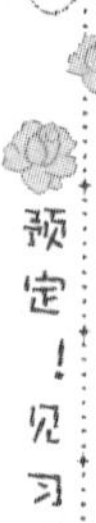

伊雪熙也恍然大悟道：“对了，这些天南陌一直监视着我，只是今天我又好像感觉不到了，不如我们去那间屋子看看南陌是不是还在？”

“我去就行了。”夜烽说道。

“不，我也要去！”伊雪熙心急脱口，回头向凉以凡命令道，“以凡，你在家里等我们的消息！”

“雪熙，我——”

伊雪熙立刻否决凉以凡的想法：“不要说了，那个地方很诡异，我不想你看见可怕的东西。”

凉以凡明白自己是包袱这个事实，没有再为跟随不跟随的问题纠缠下去，默默看着他们并肩离去。

走出路口，伊雪熙叫了一辆出租车，坐在车子里，二人都变得沉默了，各怀心事。伊雪熙一直抱着自己的手臂，出租车里的冷气开得并不大，其实并不足以令倔犟的少女做出这个取暖的动作。

带着疑心来到目的地之后，夜烽才发问：“你怎么一直抱着手臂，有什么问题？还是被南陌攻击了？”

伊雪熙一听，心虚得花容失色，拼命摇头说：“没有。”

见状，夜烽更肯定伊雪熙有什么事在瞒着自己，便霸道地把她的手拉开，见光滑的手臂没有什么古怪，又放肆地掀起她的袖子。

伊雪熙委屈地推开夜烽。

“没外伤啊，难道是内伤？”夜烽疑惑不解。

“没有？”伊雪熙愣住了，半晌，突然回神，带着望眼欲穿的兴奋低下头。那些宛若魔鬼记号一样的魔纹从手臂上消失了，伊雪熙顿时兴奋得像个孩子一样跳了起来。

“我的手前几天长出了魔纹，我还以为自己要变成怪物了！”

“现在不是没事了吗？”夜烽怡然一笑，走向南陌和小烟曾经落脚的屋子，“如果他们都从这里离开了，就证明你的魔纹会随着他们的离开而消失。”

伊雪熙一听，也心急地跑向屋子。

从破烂的窗户探头一看，里面散放着几具开始发臭的干尸，干干的皮肤已经开始腐烂，就像失去了利用价值的玩具，被主人随手丢在乱葬岗。

突然之间，伊雪熙有一种想为他们报仇的冲动，或许，这不过是迟早的事情，南陌不会放过他们，小烟也不会，对抗成了必然。

想起小烟，伊雪熙不禁偷偷望向夜烽，又不敢流连在这张令人迷惑的俊脸上。

“是不是有什么想说？”夜烽一下子就察觉到伊雪熙的目光。

少女尴尬地抿了抿唇，聪明的脑袋明白机会机不可失，时不再来，便大胆地问道：“为什么小烟会带你去魔界？这八天你是怎么过的？”

夜烽微微一愣，勾起了异常讽刺的笑容：“哼，我说要跟她结婚，她就带我去她的王族了。”

“结婚？那么你现在——”

“逃婚了，不然我怎么会说她有可能回来杀你？”

“你们……”伊雪熙欲言又止，努力在酝酿情绪，可惜夜烽没有给她任何机会，趁尴尬的气氛迈出了离开的步伐。

4.

炎炎夏日，尽管坐在冷清的公交上，享受着空调的冷气，心情也还是那么烦躁和郁闷。

她不知道夜烽这几天干了些什么，不知道为什么还没有救出

玄邪，他却已经累成这样子了？平日的他绝对不会在公共场所入睡，更何况是摇晃不定的公交。

越想越是无法安定下来的伊雪熙，萌生了一个念头，她悄悄靠近夜烽，想要去闻一下他的衣服上有没有女生的香气。

小心翼翼地终于贴在了夜烽的衣服上，伊雪熙愣了一下，觉得自己这样做既无耻又无聊，但还是不受控制地靠呼吸去捕捉。

“伊雪熙，你在干什么？”还没闻到什么特别的香气，阴森冷漠的声音响起，顿时把伊雪熙吓到了！

心虚的少女慌忙回到自己的位置，挺直了腰，面红耳赤地反驳道：“你不是睡了吗？怎么像鬼一样冒出来？”

“你没干亏心事就不会害怕我突然醒来了！”

伊雪熙委屈地扁起了嘴巴，倔犟地别过脸去，默默忍受这种像被诬蔑的难过。

见状，夜烽欲打破尴尬，用稍微温柔一些的语气说：“伊雪熙，你的手上之前为什么会有魔纹？”

伊雪熙侧头，孩子气地瞪了他一眼，再高调地发出委屈的声音：“你放心，我没有对不起以凡，我跟南陌清白得很！”

“笨蛋！我是担心你会有后遗症啊！”面对伊雪熙的倔犟，夜烽忍不住脱口大喝，引起车上所剩无几的乘客的注意，也勾起了伊雪熙软弱的心。

少女望向夜烽，微微荡漾的瞳孔由不敢相信慢慢变成了苦涩的感动。她用力弯起嘴角，再用沙哑却温柔的声音说：“自从你去了魔界之后，我就没有见过南陌了，那种被跟踪的感觉也没有了，所以我也不知道魔纹从何而来。”

“是不是他在你食物里下毒了？你天天吃外卖，这种可能性也会有的吧！南陌不在外卖里放自己的血，改放魔界的毒你也未必会发现。”

伊雪熙沉重地点了点头："或许吧……"

"什么叫或许？你就不能回想一下吗？怎么一点防备心都没有！"夜烽气得再次怒喝一声。

"我不想防了……"公交报站的时候，伊雪熙缓缓地回答，然后匆匆下了车。

夜烽立刻追上伊雪熙，在大街上一把捉住她的手腕，把她的身躯别过来："什么不想防了？伊雪熙，你给我说清楚！"

"每天都要防备会被害，我一个人很累啊！他要杀就杀吧，反正都躲不过，为什么还要挣扎？"

"谁说你是一个人的？"

"不然呢？难道我要把以凡拖下水？要是我这样做的话，恐怕南陌没杀我之前你就先杀我了！"

"我不会让以凡参与这件事，但我也不会让你一个人承受！"夜烽举起握紧伊雪熙的手，五指再游移到伊雪熙的五指之间，"你看，我们不是一起吗？"

"为什么？"伊雪熙不解地摇着头，"为什么你要帮我？你明明不是我的未婚夫，你明明不会得到任何好处，为什么你要帮我啊？"

夜烽微微一愣，脸色也苍白起来，伊雪熙发现自己说了不该说的话，立刻从夜烽手中温柔地抽出自己的手。

半晌，夜烽首先回过神来："我不是帮你，我只是帮以凡。没了你，他会活不下去的。"

伊雪熙沉沉抬头，偷望了夜烽一眼，又迅速躲开了目光。她不知道这个回应的方法对不对，但她找不到任何可以说的话了。

Chapter 09
延伸到黑暗
的根源

1.

小烟消失了，南陌也消失了，一切就像暴风雨的前夕那样宁静，又都弥漫着死寂的气息。

他们都明白，南陌兄妹不会就此罢休。所以，他们的心里都住着一只鬼，随时会敲门。

为了好好保护伊雪熙，夜烽和凉以凡决定搬到伊雪熙的家里，可是才住上一夜，凉以凡就说要搬回家住。夜烽尴尬地看着他，不知道该不该一起搬走，毕竟现在他和伊雪熙的身份都不可以像从前一样了，他们都在乎凉以凡的想法，可是凉以凡还是坚决回家，只匆忙留下了害怕父母会担心的理由。

其实，他们都知道，凉以凡害怕南陌真的出现了，自己会成为他们的包袱。

寂静的夜晚，伊雪熙早早洗了澡后，躲进房间里。

这几天伊雪熙心惊得忘记了观察玄邪的生命之树。再次来到梳妆台前，伊雪熙猛地发现玄邪的生命好像发生了变化，那些蔓延到玻璃杯外面的“树枝”居然从原来的湿润赋有光泽，变成了现在的干枯无力。

生命之树不喝水，也没有东西可以滋养，干枯的情况难道是因为玄邪的身体出现了问题？是南陌虐待他了？

伊雪熙顿时焦急得站了起来，孜孜汲汲地走上几步后，又不知所措地停下了脚步。她默默回头，凝视着生命之树，半晌，麻木的脑袋浮现了一个可怕的想法，无计可施的少女不得不尝试咬

破自己的手指，游移到它的“心脏”面前。

明明密封的心脏嗅到鲜血的味道，立刻张开一个不知道什么时候裂开的嘴巴，猛地咬住伊雪熙的手指！原本干枯的血管就这样出现了生气，“心脏”再次激烈跳动起来的同时，“树枝”也生长起来。

伊雪熙紧紧凝视着这些“树枝”，发现一条新的血管从心脏生长出来，跟随其他血管一起蔓延开去……

夜烽的房间在伊雪熙的房间斜对面，为了好好保护伊雪熙，他没有关门，眼睛一直盯着她的房间。

瞬间，好几条宛似血管的树枝贴着墙壁生长开来，从眼前游过，夜烽瞪大了惊诧的眼睛，慌忙跑到伊雪熙的房间。

“小心！”看见夜烽的出现，伊雪熙担忧地喊了一句。

夜烽首先低头，保证自己没有踩到生长的血管，再望向伊雪熙，皱着眉问道：“这是怎么回事？”

“我看见生命之树有点干枯，所以尝试给它吸血……”伊雪熙的声音低了，像一个知道自己犯错的孩子。

夜烽一听，跨过血管，强行把伊雪熙的手拔出来。

“你干什么？父亲的身体很虚弱，他需要营养！”伊雪熙想也没想便冲夜烽喊道。

夜烽眉头一皱，冷冷道：“那就用我的吧！”

“不要！这是我的事情！”伊雪熙欲推开夜烽，但她那坚定的手像巨石一样难以移动。

“万一你倒下了怎么办？少了‘控制’怎么救玄邪？”夜烽的声音焦急又霸道。

见伊雪熙稍微冷静下来，夜烽便安慰道：“少了点血死不了的！”

“但你不是吸血鬼……血液不会循环这么快吧？”

“这么小的事情能难倒我吗？快去睡觉吧！”

伊雪熙咬着下唇，一言不发地走出房间。

漫无目的的视线慢慢游移到长长的血管上，伊雪熙发现这些血管已经全部蔓延到屋子里的植物身上！并且它们在吸血的同时，也在吸取植物的精华。这到底是个什么样的状况？生命之树是要把两者的力量都吸取在内，还是要把植物的力量注入到夜烽身上？这些植物有治疗作用也有毒性，如果夜烽一直这样吸取，就算多特别的身体也会撑不住吧？

伊雪熙想到这一点后，立刻跑进房间，欲把这个问题告诉夜烽，却发现他已经眉心紧锁，面容微微抽搐，就像当初被生命之树注入了力量时的痛苦表情。

“怎么了？”伊雪熙不知道该不该抽出夜烽的手，如果是新的能量注入，或许对夜烽来说是一件好事。

但这一次，夜烽没有像之前那样坚强，矫健的身体在短短几秒之内就失去了支撑能力，连站也站不稳。眼看夜烽将要跌倒，伊雪熙立刻扶住他，并把他的手指从“心脏”里抽出来。仔细一看，那修长的手指除了有个伤口之外没有什么变化，可夜烽的身体真的连站着的力气也没有，情急之下，伊雪熙唯有把他扶向一个从来没有为外人开放过的密室。

伊雪熙把一幅挂在长廊上的挂件倒转了几下，挂在长廊尽头的像房门一样大的挂画神奇地向墙壁里移动了半个身位，开出一条神秘的道路。

夜烽的身体已经开始发热，隔着衣服伊雪熙也感受得到他逐渐上升的体温。她不知道在这时候把一个浑身发热的人丢进温泉里是不是好事，但这个温泉是伊雪熙修炼的法宝，它是由最宝贵的植物精华蒸炼的。

伊雪熙担忧地望向夜烽，见他依旧努力保持意识，却连说话

的力气都没有了。无计可施之下，伊雪熙唯有把夜烽放进修炼的温泉池里。

一瞬间，正在冒烟的温泉迅速降温了，伊雪熙不敢相信地把手放进水里，发现水居然是冰凉的！

“夜烽，你觉得怎样？感觉好一点吗？”伊雪熙捧起夜烽的脸颊，担忧如焚烧的神色尽露无遗。

夜烽用力张开颤抖的薄唇，用沙哑不堪的声音说道：“好……点了……”

“真的？你好像还是很辛苦的样子，到底是怎样呢？是热还是冷？”

“我不知道……好像很热……又好像……很冷……”夜烽恢复了一丝力气，紧紧抱着自己的身躯。

伊雪熙不知道该用什么药物去治疗夜烽，她只能努力相信这是被注入了新能量的状态，但夜烽能不能熬过去呢？

无法平复下来的担忧让她紧紧凝视着夜烽，看着缩得越来越紧的身躯，伊雪熙觉得心痛，她毅然抛开尊贵的身份，踏入修炼池里。

感到被包围的温暖，夜烽依然无力得连头也抬不起来，知道自己变得脆弱不堪，所以只能维持现状。

温泉里的水渐渐变得暖和了，夜烽的身体也从神经交错的痛苦中渐渐恢复正常。伊雪熙的身体与他贴得很紧很紧，这是她第一次主动抱他，意识清醒的少年泛起了莫名的兴奋，被隐形的欲望挑逗着的薄唇不禁贴在少女俏丽的脸颊上，伊雪熙微微一抖，却把夜烽抱得更紧了。

薄唇渐渐从脸颊滑落到脖子，他仿佛害怕看见她的表情。

夜烽继续静静地亲吻着她，尽管明明知道不应该。其实他的身体状况已经稳定下来了，但她没有离开那个矫健的怀抱，没有

阻止少年不安分的爱护。

清晨，密室没有阳光，只有那浪漫泛黄的灯光。

醒来的一刻，夜烽发现池里的温泉水莫明干枯了：“池水怎么没了？难道……”

伊雪熙也愕然低头，发现修炼池的确干枯了，在短短的一夜！

夜烽马上跑出房间，查看“血管”的生长进度，它们依旧在吸取着植物的精华，只不过它们好像稍微变粗了，而且十分湿润，没有昨夜那种干枯的情况。夜烽低头望向自己的双手，尝试会聚灵力，在短短一瞬间，他就已经被强大的气息包围。

“难道我们吸收了温泉的力量？”夜烽惊喜若狂地转过身去，与伊雪熙四目交接的一刻，他的笑容立刻下垂，目光也游离了。

伊雪熙抿住双唇，没有说一句话，然后若无其事地走进房间，拿起包上学去了。

2.

血管生长得越厉害，他们的灵气就越强，夜烽认为这是玄邪的指引，或许也是在抵抗黑夜流沙瘴气力量注入。

而另一边，凉以凡对伊雪熙的情况十分紧张，直到看着她平安无事来上学才稍微安下心来。

放学后夜烽和伊雪熙没有抗拒跟凉以凡一起走，凉以凡追问他们的修炼成果，伊雪熙不知道怎样回答，唯有把生命之树变化的情况告诉他。凉以凡虽然没有战斗能力，但他的盗梦功能令他们得知黑夜流沙的封印与植物有关，尤其他也是“开路者”，伊雪熙更没有借口阻止凉以凡插手此事。

凉以凡来到伊雪熙的家里，他很心急地一口气走到伊雪熙的房间。夜烽猜到他会做傻事，便跑上前拉住凉以凡，命令道：

“你不要把手指放进去！”

“哥，让我试试，或许这一次我又会得知什么秘密呢！”

“不行！那样很危险！”

凉以凡愕然地望了望伊雪熙，又打量了夜烽一下：“你们昨晚不是都被吸过血吗？你们没事，我也会像上次那样没事的！难道哥你又觉得不舒服吗？受伤了吗？”

想起昨天的情况，夜烽立刻松开手，无话可说地低下头。

见状，心急的凉以凡跑进去，二话不说便把手指游移到生命之树的“心脏”！

夜烽大惊失色，来不及阻止，等跑到伊雪熙的房间时，“心脏”已经在吸食凉以凡的血液了。

这一次，凉以凡还没有睡着，生命之树就长出了一条新的藤，跟它的“树枝”和“血管”不一样的是，它有藤的模样和尖锐的刺，颜色也比一般的藤暗很多。

“以凡，不舒服一定要拔出来，知道吗？”夜烽站在凉以凡身边，不敢轻举妄动，只能命令道。

凉以凡点了点头，自信满满地看着兴奋的“心脏”。

长长的藤生长开来，颜色变得越来越暗，当它停止了蔓延时，藤已经变成墨绿色了。

心脏自动吐出凉以凡的手指，少年发现自己没有被划破皮肤，却有两个小伤口，就像被一对吸血鬼的獠牙咬过的痕迹。

知道凉以凡没有大碍，夜烽和伊雪熙才松了一口气，把注意力落在藤和血管上。他们发现带刺的藤竟然和血管纠缠在一起，原来的“树枝”继续吸收植物的能量，而藤和血管却转移到另一个地方——密室。

忽然，藤和血管自己开启了密室的门，爬进充满灵气的空间。

当三人不约而同地走进密室，才发现它们已经蔓延到温泉里，就像一片久未清理的杂藤，错乱交织在一起。

“怎么这里会有个房间？”凉以凡好奇地发问。

伊雪熙尴尬不堪，走出房间，没有解释。凉以凡担忧地皱起了眉头，见状，夜烽替她解释道：“这是她父亲修炼的地方，那个温泉本来有泉水的，但……后来干了……”

凉以凡点了点头，没有察觉到夜烽心虚的神色，把注意全部落在池上。

突然，凉以凡走到小池里，小心翼翼地躺在布满荆棘的藤上。

“小心！”夜烽喝了一声。

“没关系，它们不会伤害我的。”凉以凡没有感到一点痛楚，还弯起了欣然的微笑，“哥，我要在这里睡一觉，在我没有得到伯父的消息之前不要叫醒我，好吗？”

夜烽抿了抿唇，陷入难以抉择的犹豫里。半晌，他才微微点了点头：“嗯，但你要小心点，不舒服就要起来，知道吗？”

“遵命！”凉以凡展开灿烂的笑容，那天真甜美的面容令人禁不住担心，但夜烽还是选择了尊重弟弟，离开了密室。

不过夜烽没有走出长廊，而是默默站在这里，伊雪熙也一直坐在梳妆台前面，密切注视着生命之树的变动。

今夜格外宁静，天色已亮，凉以凡睡了整整一夜也没有醒过来。二人都没有上学的意思，继续默默地等待着。

伊雪熙几乎把下唇都咬破了，却依旧无法挤出一字一句。

饥饿感让伊雪熙找到了离开房间的法子，她立刻站了起来，缓慢地步出门槛。平日极少进厨房的她，今天决定亲自为凉以凡做一份早餐。

虽然不懂得做饭，但简单的煎蛋还是会的。

“你要干什么？”突然，一道冷漠的声音从远远的客厅响起，正在努力洗刷锅的伊雪熙被吓了一跳。

伊雪熙抿了抿唇，一边把锅放在煤气炉上，一边喃喃道：“我想……做点早餐……”

“你会做吗？”夜烽毫不留情地让伊雪熙压抑在心里的怒火冒了起来！

“不过是煎个蛋而已嘛，有这么难吗？”

锅里传来油被加热后噼里啪啦的响声，对做饭毫不熟悉的伊雪熙竟然把鸡蛋迅速打下去，滚烫的油随即飞溅起来！

“啊！”听见伊雪熙尖叫的声音，夜烽跑上前，仿佛早就料到她会失败一样，立刻把火关了。

“笨蛋，哪有人这样煎蛋的？”夜烽拿起伊雪熙的手一看，发现这次做饭实验比想象中更悲惨，那白皙的肌肤被滚油溅得满是红点。

“烫伤药在哪儿？”夜烽喝道。

“电视柜里面有一瓶墨绿色的中药。”

夜烽一听，立刻跑到电视柜前。

看着紧张兮兮的背影，整天魂不守舍的伊雪熙突然找到了焦点，嘴角偷偷弯起一道不易被察觉的微笑。

夜烽匆匆跑到伊雪熙面前，一手握着中药，一手欲把伊雪熙的纤手拿起来，却好像突然察觉到什么，抿了抿唇，又把中药递给了伊雪熙。

伊雪熙极力让自己镇定下来，好不容易才吐出一句：“我一只手……怎么涂啊？”

“我不可以帮你涂。”

“什……什么意思？”伊雪熙的心脏猛烈地摇晃起来，视线也模糊了。

“对不起……”夜烽从来没有向任何人说过对不起，过去就算自己有多坏，他都毫不在乎，但这一次，他恨透了自己。

简单的三个字，伊雪熙透彻地明白了其中含义，可惜失控的纤手还是忍不住上扬，把聚集在心头的愤怒狠狠掴在夜烽的脸上！尽管这样，她依旧愤恨，她恨自己的指甲为什么没有割破这张英俊得让人失控的脸颊，她又恨自己为什么不可以冷漠面对，继续假装毫不在乎。

夜烽没有哼一声，也没有看她一眼，默默地承受伊雪熙的怒视。

突然，伊雪熙猛地转身，拔腿跑回房间。

门被狠狠踢开的声音，正如那无法磨灭的怨恨。

夜烽握紧手里的中药，半晌，双脚恢复了知觉，他下意识走向那条熟悉的长廊，经过伊雪熙紧闭的房间时顿了顿，却又继续走向前，进入了密室。

刚刚伸了懒腰的凉以凡从池里撑起了身体，带着灿烂无比的笑容望向夜烽：“哥，伯父给了我新的信息！”

“先别说这些，她为了做早餐给你，不小心弄伤了手，你去帮她涂药吧。”夜烽把中药递给凉以凡。

一听到伊雪熙受伤，凉以凡立刻跑去她的房间，紧张兮兮地喊道：“雪熙，你没事吧？”

伊雪熙听见凉以凡的声音，慌忙跑出来。

开门的一刻，凉以凡并没有发现那双泛红的眼睛。

凉以凡一边为伊雪熙疗伤，一边兴奋地说道：“雪熙，伯父给了我新的信息呢，其实生命之树的藤就是一幅地图，我在梦里沿着地图而行，进入了一个漆黑的世界，之后我什么都看不到了，我走得很艰难，因为那地面不平稳，甚至像沙漠一样。不知道这个算不算新的突破呢？”

“以凡，这是一个重大突破呢！那地图应该就是玄邪给我们的指引，目的地就是黑夜流沙！”夜烽重拾了斗志，伊雪熙却依旧死气沉沉。

感觉到尴尬，伊雪熙挤出苦涩的微笑，向凉以凡说道：“以凡，你们先上学吧，我很困，下午再去学校。”

凉以凡没有丝毫怀疑，点了点头，却向夜烽说道：“不如你在这里吧，我怕南陌……”

“我知道了。”

凉以凡怡然一笑，立刻走出屋子。

见状，伊雪熙立刻关上房门，她不理解凉以凡为什么可以这么放心，偏偏要让夜烽留下来，但，她什么都不想去分析了。

凉以凡匆匆跑出屋子，见背后没有人跟随，才敢偷偷喘了一口气。

其实自从醒来的一刻，他已经察觉到手臂的疼痛，可是在夜烽和伊雪熙面前，他强行把这种痛楚压抑在体内。

但他发现疼痛越来越嚣张了。

凉以凡低头一看，那些被压抑的紫红色暗纹缓缓从手臂浮现出来，就像此刻的疼痛，已到了一个难以控制的地步……

3.

阳光万丈，惠风和畅的白天，凉以凡的筋骨就像要断裂一样，他无法掩饰手臂的魔纹，只能穿着长袖衬衣，然后把袖子卷到中袖的长度来遮掩魔纹。

到了晚上，凉以凡的剧痛就会消失，换成一种难以忍受的痒，就像千万只蚂蚁在咬着身体，让人很想把神经一条一条地剪断！

今夜的月亮特别圆，圆得如同一个魔咒，在暗地里呼唤着还

未开窍的灵魂。

凉以凡偷偷瞒着家里人，越过昏暗的客厅，来到了熟悉的大街上。

现在已经是凌晨了，路灯也变得格外黯淡，凉以凡不知道自己要做什么，只是感受着月光的气息，体内的痛痒感能变淡一些。

背后一个高挑的男子用傲睨一世的瞳孔盯着连腰也挺不直的凉以凡，踩着他的影子渐渐靠近。

这段时间变得特别敏感的凉以凡察觉到背后阴森的气息，立即带着骇悸的神色回头，然而老天爷没有给他一个喘息的机会，那张令自己每天都胆战心惊的脸颊居然就这样出现在眼前！

“要出来觅食了吧？”男子的嘴角微微上翘，露出了尖锐的獠牙，像一只将要捕猎的吸血鬼。

凉以凡下意识往后退，男子却没有追上前，只是讽刺地笑了：“我让你逃，让你逃到伊雪熙的家里好不好？让你们三个一起死好不好？”

最后的一句话，让凉以凡的脚步停了下来，世界突然停顿了，万籁俱寂，凉以凡感觉到灵魂将要被夺走的恐惧。

“你还记得我们当初的约定吧？”男子走近了一步。

他记得，他怎么可能不记得！当初南陌知道小烟和夜烽去了魔界，于是南陌在伊雪熙的食物里做了手脚，令她身上中了纯吸血王族的血毒。当时南陌亲自来把这件事告知自己，他说万一小烟出了什么事，或者夜烽背叛她的话，伊雪熙就会死，但当时凉以凡自告奋勇地要求代替伊雪熙承担这个责任，于是南陌教他只要在伊雪熙毒性发作的时候用力与她亲吻，就可以把她的毒素吸进自己体内。

他成功拯救了伊雪熙，自己却成为了南陌的傀儡。

南陌再次靠近凉以凡，可怕的魔手降落在他瘦削的肩膀上："你们都猜错了，我又怎么舍得亲手伤害我心爱的宠物呢，我要捉的人是你，我要用你来折磨他们！"

凉以凡从来没有想过自己有这样的利用价值，当初他不过是希望可以保护伊雪熙，但当视线随着南陌的消失而变得漆黑一片时，他发觉游戏才刚刚开始……

一整天没去上学，第二日，因为夜烽一直守在门外，伊雪熙连饭也不吃，依旧足不出户。

熬了一天加一个上午，夜烽终于看不下去了，利用厨房仅有的鸡蛋和方便面做了一碗面。

伊雪熙不能关门，因为生命之树的血管和藤从里面生长出来。虽然知道伊雪熙一定在里面，但夜烽还是选择礼貌性地敲了敲门，低喃一句："我煮了碗面，你先吃点吧。"

躲在房间里的伊雪熙不哼一声，却传来翻被子的声音，好像因为听到夜烽的话所以躲进被窝里一样。

夜烽抿了抿唇，知道伊雪熙不会出来，不得不放肆地踏入可人的房间。夜烽把面放在床头柜上面，温柔地命令道："起来吃点东西吧。"

"我不要！"伊雪熙咬牙切齿地说。

"你饿死的话谁来救玄邪？"

"这是我的事，用不着你管！"

"现在不只是你的事！"夜烽掀开伊雪熙的被子，强行把少女拉起来。

伊雪熙实在感到无路可退，委屈的泪水渲染了眼眶："夜烽，你到底想怎样？"

夜烽松开了手，把面递到伊雪熙面前："健康和平安。"

无奈之下，伊雪熙选择了投降，接过泡面时脑海中却浮现了

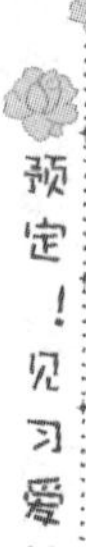

昨天打算做早餐的时候，她看见库存只剩下一碗杯面了。

“我不要吃杯面，我要吃外卖，电话旁边有外卖电话。”伊雪熙把杯面递还给夜烽。

“杯面要吃，外卖也要吃！”夜烽没有领情，站起来走出房间。

“回去吃你的住家饭吧，我不要你的保护！”伊雪熙盯着那个冷漠的背影，喊出自己都没有思考过的话语。

夜烽微微侧头：“对不起……我不会走的。”语毕，夜烽还是拖着没有温度的背影从她的视线里离开了。

外卖是外卖员亲手送到伊雪熙房间里的，夜烽再也没有进过她的房间。

她不知道他是否溜走了，虽然他说过不会走。伊雪熙一直忐忑不安，直到一个电话打到夜烽的手机里。

夜烽的电话号码只有伊雪熙和他的家人知道，当他听见母亲崩溃的哭泣声，顿时慌了！

“妈，怎么了？”夜烽紧张兮兮地站了起来，听到电话那边的回应后，震惊得连手机都掉到了地上，听到动静跑出来的伊雪熙也被惊恐淹没。

“怎么了？”伊雪熙走到夜烽面前，担忧地问道。

“以凡被捉走了……”

“什么？”

“我妈说……以凡今天早上就不见了，学校打电话说他旷课了，直到刚才突然收到一封信，信里面只写了一句话：那个红眼小子我收下了，这是你们决定帮伊雪熙的代价。”

“是南陌！南陌是这样称呼以凡的！”伊雪熙的声音激动得可以划破耳膜，“南陌一定是要看着我们担心得发狂，我们不能再等了，快进入黑夜流沙！”

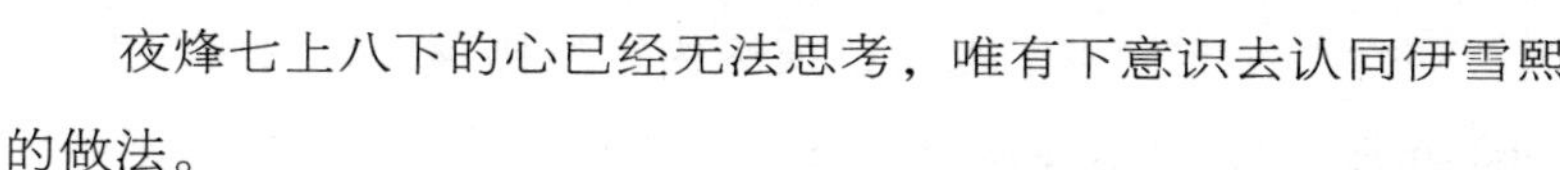

夜烽七上八下的心已经无法思考，唯有下意识去认同伊雪熙的做法。

凉以凡曾经说过血管与藤就是通往黑夜流沙的地图，之前他们都没有好好观察过这个地图，如今仔细一看才发现血管和藤并不像什么地图，而是像一个阵图。它指示他们回到客厅，来到这个玄邪一直爱惜的“植物园”里面。伊雪熙从没发觉，看似只是为了药物精华而种下的植物，错落有致的位置竟然跟地图的纹路一模一样！是它们改变了，还是玄邪早就把进入黑夜流沙的阵图摆好了呢？

现在，就差一个“送信者”，但他们已经没有时间考虑了，只有三者力量也要尝试！

心有灵犀的二人不约而同地迈向伊雪熙的房间，两只手一起游移到生命之树上。

对望了一眼，夜烽体会到伊雪熙的心情，还是把这个神圣的任务交给她，毕竟这棵植物跟玄邪的生命有着紧密联系。

伊雪熙小心翼翼地把生命之树放在“阵图”中央，当她正想咬破手指，用自己的鲜血画出玄邪所指示的地图时，血管和藤竟然自己移动起来了！

藤在“植物园”里面画了一个奇怪的形状，虽然线条有点弯弯曲曲，但它明显是一个三角形。血管渐渐蔓延到三角形里面，在西面勾画了一个疑似“太阳”的标志，然后在南面勾画了一个疑似“风向”的标志，最后在东面勾画了一个疑似“月亮”的标志。

他们不明白这些标志有什么特别意义，但是三角形空出来的位置却渐渐开了一个洞口，里面漆黑一片。夜烽大胆说了一句：“我跟小烟进入魔界的时候也是出现了一个黑洞，里面什么都看不清楚。你……相信我吗？”

伊雪熙坚定地点了点头，夜烽的手游移到伊雪熙的纤手上，把那颤抖的五指紧紧扣在手心里。

“我说过，我不会走的。”

伊雪熙再次激动地点了点头，心灵相通的二人同时起跳，堕入了无尽的黑暗之中！

越过厚厚的结界，他们的身体尚算平稳地降落在一块草地上。

这里并不是夜烽所说的漆黑一片，只是像傍晚一样比较昏暗，远远还可以看见一片紫黄色的霞光。

“看来这里并不是黑夜流沙。”夜烽失望地喃喃一句。

“没错，这里只是魔界，没有人帮你们送信，神是不会让你们进入黑夜流沙的。”突然，一个尖锐的声音回答了夜烽的话。少年确定这不是伊雪熙的声音，当然没有说话的伊雪熙也同样愕然，跟夜烽不约而同地转过身去。

“小烟？”夜烽感到不安，在这个危急的时刻，他不想多一个敌人，尽管小烟不算强大。

“我可以帮你们送信。”小烟泰然自若地说道。

“真的？”伊雪熙先是露出惊喜若狂的笑容，很快又担忧起来，“但我们要怎样相信你？”

“你们是怎样确认自己能力的，我不介意用那个方法。”

“但是那个方法必须回到我家才行。”伊雪熙的心动摇了。

“这里只是魔界，我有办法去人间。”

夜烽突然按住伊雪熙的肩膀，选择相信小烟：“不用这么麻烦了，我相信你。”

“真的？”小烟有点难以置信。

“嗯，是我欠你的，这次就当我为逃婚的事情负责吧。”

“什么逃婚？我们的婚礼都还没有开始，只是推延了。”小烟

闲庭信步地走到夜烽面前，勾起妖媚的笑容，纤手贪婪地抚摸着俊美非凡的脸颊，“你是我的，婚礼嘛，等你找到玄邪和凉以凡之后继续举办。”

“好，我答应你，但这样找的话谁知道要等到何年何月，不如你直接交出他们吧！”

面对得寸进尺的夜烽，小烟眉头轻轻一皱，变得格外冷静，继续用自信又狡猾的语气说道：“不行，我不能背叛我哥，这是我给你的最后一次机会。还有，我要你服下毒药，在婚礼完成之后我再给你解药。”

“好！”夜烽想也没想便答应了，伊雪熙惊骇得捉住他的手臂，担忧地摇了摇头。夜烽淡然道，“放心吧，我没事。”

其实小烟并不知道，夜烽在暗连城的那段日子里已经服过几十种毒药，又怎么会害怕这一颗小药丸呢？

眼看夜烽将要服下毒药，伊雪熙还是心怀疑虑：“等等，万一他服药你却不带我们进去怎么办？”

“伊雪熙，你以为你们还有选择的余地吗？”小烟锐利的话音未落，夜烽已利落地把毒药吞进喉咙。

见状，伊雪熙也没有反抗的余地，唯有选择相信小烟。

诡异的少女没有耍花招，立刻咬破手指，开始写上“送信”内容。

血字勾画出来的并不是什么符咒或者阵图，而是一段看不懂的文字，尽管如此，他们能做的也只能是继续相信。

Chapter 10 血流成形

1.

天空仿佛在渐渐下沉，世界变得越来越昏暗了，走在小烟背后，夜烽一直牵着伊雪熙的手。

森林很长，一直都没有走到尽头，天色越来越黑，不知不觉，他们跟小烟失散了。

二人料到会堕入小烟的陷阱，所以没有疑惑，也没有刻意追上小烟的脚步。夜烽担心小烟的位置会是敌人密集的地方，于是决定改变线路，沿着月亮的方向走。

只要有光明，就算有敌人也看得见。

他们沿着月亮的光芒走出了巨大的森林，却来到另一个森林里。能够区分它们是两个森林的原因是这里只种了一种树，雪白的花朵长得像两只白鸽的翅膀，中间有一颗黑色的花蕊。

夜烽对陌生的植物有了戒备心，他向熟悉植物的伊雪熙发问："这是什么树？"

"是珙桐，珙桐很罕见，没想到这里是个珙桐林。"伊雪熙不禁弯起甜美的微笑，带着夜烽走进陌生的森林。

"你相信珙桐吗？"

伊雪熙点了点头，说道："我很喜欢珙桐，但它很奇怪，只有在它喜欢的地方才能生存，就连我家也种植不了。关于珙桐还有一个传说，以前有位君主，他有一个叫'白鸽公主'的女儿，被自己当成掌上明珠，但这位公主不爱金银珠宝，偏爱骑马射箭。有一天，公主在森林打猎，被一条蟒蛇缠住，然后被一名叫

珙桐的青年猎手出手相救，两人一见钟情。公主把头上的玉钗一分为二，作为信物，可惜她回去恳请国王把自己许配给珙桐时，国王坚决反对，并连夜派侍卫把珙桐射死在深山老林里。白鸽公主知道后，很伤心，她跑到珙桐遇难的地方，一直哭到泪珠成血。忽然，雷声大作，暴雨倾盆，一棵小树破土而出，犹如半截玉钗，瞬间长成参天大树。公主情不自禁地扑向大树，就在这时大雨停了，雷声息了，哭声也消失了，只见数不尽的洁白花朵挂满大树枝头，花朵的形状宛如一只只可爱的小白鸽。"

说着说着，二人不知不觉已经走进珙桐林。

这个珙桐林好像比刚才的森林更大，他们走得双腿发软，依然还是没有看见尽头。

夜烽觉得越来越不妥，这样下去只是浪费气力，于是他在每段路上都留下一个十字烙印，并用数字记下自己走的是第几段路。

兜兜转转了几圈，他们发现自己又回到原来有记号的位置。

这一刻，他们终于确定是被困在一个迷宫里，无论走多远还是离不开森林。

见状，伊雪熙开始急了："为什么你会这么相信小烟？"

夜烽抿了抿唇，知道事情不可以隐瞒，唯有坦然道："我不是相信她，是我不能让她的血混入玄邪体内。"

"为什么？"

"去魔界的时候我在她身上下了会致命的慢性毒，她的体质跟我不一样，她没有能力抵抗毒素，如果玄邪和她的血混合，可能会影响他的身体。"

"你为什么能够在她身上下毒？她没发现吗？"伊雪熙皱起了眉，心里更是疑惑。

"应该没有。"

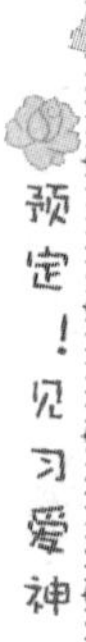

“你用的是什么方法？”感到越来越不安的伊雪熙加快了语速，甚至是用责问的语气。

“什么方法有那么重要吗？”

“重要！”

夜烽实在不想提及的回忆被伊雪熙狠狠掀起了，不耐烦的神色尽露无遗：“其实你猜到了，所以你才追问是不是？”

“难道……”

“没错，你猜对了，是接吻！”

伊雪熙狠狠瞪了夜烽一眼，不顾一切地跑了。

见状，冷静的少年追了上去，一把捉住伊雪熙的纤手：“现在我们不能走失！”

伊雪熙愤然回头，再次怒视夜烽：“你是因为不能走失才牵着我的手吗？”

夜烽紧紧抿住双唇，什么也不说，让人焦急得宛如百爪挠心。

知道现在再往前走也是无补于事，二人唯有坐下来休息一下。他们已经两天没有吃过东西了，难道南陌想活活饿死他们？

不，应该不会的，南陌想杀的人只有夜烽一个。

疑惑之际，珙桐树上竟然掉下了一个苹果！

珙桐树不可能掉苹果，他们互相对望了一眼，好像都有了答案。这是南陌的安排，他不要伊雪熙饿死，或者要他们为了一个苹果而内讧。

如果南陌要毒死伊雪熙，早就动手了，他的复仇计划没有这么简单。

夜烽谨慎地闻了闻苹果的味道，确定没有毒药的异味，抹干净之后递给了伊雪熙。

“我不吃。”伊雪熙抿了抿唇，心虚地说道，“我吃了泡面。”

“你还没吃两口我的电话就响了吧？你吃吧，别还没有见到

玄邪就倒下了。”夜烽把苹果塞在伊雪熙手里。

“我都说了不要！”

“要我喂你吗？”夜烽的语气变得严厉起来。

伊雪熙明白夜烽的性格，于是她低头咬下久违的食物。

虽说慢慢吃才容易产生饱腹感，但伊雪熙却迅速吃了一半，然后递给了夜烽。

“我不要。”夜烽拒绝道。

“要我喂你吗？”伊雪熙复制夜烽的话。

夜烽不禁弯起无奈的笑容，接过剩下的半个苹果，为自己增添一点体力。

伊雪熙讽刺地笑了，脱口道：“南陌知道的话一定会气死，然后立刻采取行动对付我们。”

“这一次真的要先下手为强了！你是‘控制’，我是‘力量’，相信我们有能力跟他抗衡。”

2.

天色越来越昏沉，他们发现月亮变得越来越小，按道理说，现在应该已经接近清晨，可天空就像渐渐塌下来一样，这种现象不像是普通的黑夜。

他们走不出这个森林，却开始逐渐堕入黑夜流沙的世界？这是什么道理？夜烽不明白，却不得不这么想。

“你说……这里会不会是一个可以移动，甚至正在移动的森林？”夜烽忽然有这样的想法。

“你也觉得黑夜流沙在接近我们吗？”原来伊雪熙也察觉到了。

“嗯。”

“我想流动的不是这个森林，是黑夜流沙。”

夜烽微微一惊，脸色苍白了，但他努力冷静下来，继续道："你是'控制'，你能控制家里的植物，那么能不能呼唤这里的植物？或许它们会为我们开出一条路。"

伊雪熙一直害怕伤及珙桐，但看来现在是不得不惊动它们了。她走到一棵珙桐面前，轻轻抚摸树干，耳朵贴在树上，细听它们的心跳。

恬静的少女皱起了眉头，焦虑地喃喃一句："它的心跳得很厉害！"

"为什么会跳得这么厉害？"

"这种心跳……像是害怕……对扑面而来的敌人的害怕！"伊雪熙惊呼起来，当她察觉到珙桐给自己的信息时，夜烽竟然一把将她拉开！

伊雪熙惊讶抬头，发现一群吸血鬼突然包围了他们！

夜烽的灵剑迅速呈现，伊雪熙感受到比以前更强烈的灵气，那是一种压迫的气势，可惜夜烽不敢松开伊雪熙的手，只能单手应战。

疯狂的吸血鬼张开嘴巴，扑面而来。夜烽利落地扫个半圆，灵气划破几个吸血鬼的腹部，一条连接成整体的伤口迅速见红，可他们好像无惧死亡，也不觉得疼痛，继续扑向夜烽！

突然，一只吸血鬼从背后咬住了夜烽的脖子，夜烽用灵剑向后一刺，穿过他的腹部，保住了血液。

伊雪熙知道再这样下去，就算夜烽有多强也不可能敌过十几只猛兽，她不得不向夜烽喊出不顾生死的要求："夜烽，放开我，我会跟着你的！"

"不行！我不可以再让在群魔市时的事情发生了！"

伊雪熙猛地一振，泪水不受控制地淹没了视线。她从来没有想过夜烽竟然会记住那件事，如果她被捉走，难道他真的会

紧张？

夜烽始终不肯放开伊雪熙的手，这个弱点成为了吸血鬼们的攻击优势，一只稍微聪明的吸血鬼冒死扑向夜烽的左手，狠狠咬住他握剑的手掌。

眼看夜烽失去反抗能力的瞬间，其他吸血鬼立刻扑过来，十几双獠牙刺穿他的衣裳，钻进夜烽的肌肤里。

少年忍痛不喊一声，伊雪熙却知道情况急不可待，强行甩开夜烽的大手，一脚踢开咬住夜烽手掌的吸血鬼。

没有武器的伊雪熙知道自己不能跟他们抗衡，为了解决燃眉之急，唯有尝试使出自己从来没有自信运用过的“控制”力量！

伊雪熙合上眼睛，视死如归地站在原地，用眼泪营造成媒介，启动“控制”。

“沉睡百年的白鸽公主，现在请你与我的血液融为一体，赐予我雷电交加的威力！”话音一落，伊雪熙顿时感到血液翻腾。

伊雪熙和白鸽公主的眼泪融合在一起，化作一场倾盆大雨。她们稍微松开了束缚，随即一击雷电劈在十几个吸血鬼身上！

大雨令世界瞬间变得漆黑一片，跟白鸽公主兑换的代价竟然是黑夜流沙。

夜烽满身是伤，伊雪熙也在第一场“控制”下耗尽了精力，二人跌坐在地上，两只手紧紧扣在一起。

第一次遇到这种伸手不见五指的情况，伊雪熙感觉快要窒息了，她害怕下一刻自己就会彻底沉睡，于是要把心里的话都说出来：“你不接受沐泱是为什么？是因为你想保护她吗？”

夜烽微微一愣，淡然问道：“既然你都知道了，为什么还要问？”

“那么我呢？你有没有想过要保护我？”伊雪熙脱口而出。

“我现在不是在保护你吗？”

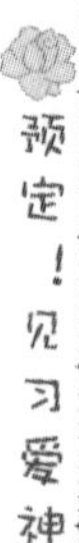

"你是为了以凡而保护我，而不是为了我而保护我，是吗？"伊雪熙的声音变得沙哑起来。

夜烽没有回答，如此的黑夜，她看不清他的表情，而此刻的伊雪熙艰难地撑起身体，大胆伸出双手拥抱夜烽。

突然而来的温暖让猝不及防的少年愣住了。半晌，夜烽才迟疑回神喊了一句："伊雪熙，你疯了？"

"我知道你害怕黑夜。"伊雪熙把他抱得更紧了。

而他的确害怕黑夜……

此时此刻，他突然有点想抱抱她。

感觉到夜烽的回应，伊雪熙的胆子变得更大了，纤手细细摸索着他的五官，不争气的桃唇沉沉下坠，轻轻碰上对面那两片布满黏力的嘴唇。

"雪熙……"夜烽终于忍不住叫出这个亲昵的名字。

伊雪熙知道这是夜烽最后的控制力，但这一刻，她实在不想再掩饰："我害怕没有下一秒了。"

"傻瓜，我不会让你死的！"

"那你呢？"

"还没有救出以凡和玄邪，我们还没有离开这里，我又怎么会死呢？"

"夜烽……等我们全都离开这里，我要跟以凡说……"

话音未落，夜烽突然吻住她的嘴巴，阻止她把话说完。少年的舌头放肆地探入伊雪熙的喉咙，迅速淹没了她的理智。

当伊雪熙决定让自己堕落下去，无论变成怎样也不会恨夜烽时，他竟然抽离了激烈的亲吻，脸颊埋在伊雪熙的脖子上，急促地喘着气："不行……你打我吧！"

"没关系……"伊雪熙弯起苦涩的微笑，用力抱紧他矫健的身躯，"真的没关系了……反正我们都没有明天了，你对不起我

的事情大不了就是最后一件。”

夜烽极力把可恶的手从伊雪熙的衣服里抽出来，紧紧抓住她瘦削的肩膀，无奈地一笑：“伊雪熙你这个笨蛋！”

夜烽已经记不起自己有多久没有休息过了，黑夜流沙的瘴气越来越浓郁，却反而让人更想好好睡一觉。但是，怀里颤抖的可人又狠心地告诉他：不能睡！睡了就不会再醒了！

原本平坦的地面渐渐被流沙淹没，如果再不站起来，就会被风沙吞噬了。

夜烽强忍着身体的痛楚，极力站起身扶起伊雪熙。

“我们要去哪儿？”伊雪熙的语气听起来已经打算放弃了。

夜烽紧紧抱着少女的肩膀，昏暗里贴近伊雪熙的脸颊，喃喃地说：“不要放弃，好吗？”

“在这个世界……不是挺好吗？”伊雪熙真的放弃了，声音也变得十分虚弱。

“不要说这些……拜托你不要放弃……”哽咽的声音响起，温柔的吻落在伊雪熙的脸颊上，“只要我们都能回去，变成怎么样都没关系了，你喜欢怎样都行！”

“夜烽？”

“我们赶快离开这里吧，不要浪费力气了！”

“不要！我怕我走不出去，你现在就给我说清楚！”伊雪熙停下了脚步，拽住夜烽的衣服。

“什么走不出去？我不是说过要等你一千零一天吗？”

“那句话……还会实现吗？”

“怎么不会？”

伊雪熙绽开灿烂的笑容，虽然看不见夜烽的表情，但她相信这句话。

夜烽边走边努力回忆对黑夜流沙的了解：“雪熙，你还记得

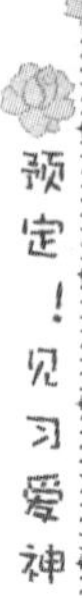

吗？生命之树画出来的阵图。”

“我记得，是一个三角形，然后里面有太阳、月亮和风。”找到振作的理由，伊雪熙也让自己的斗志坚定起来。

“如果黑夜流沙是一个三角形的领域，那么我们一直走就会找到出口。”夜烽抿了抿唇，不禁慨叹一句，“我们来得太急了，什么都没有准备，如果有指南针就好了！”

“指南针？我手机里有指南针！”伊雪熙立刻在口袋里摸索手机。

夜烽焦急地抿住双唇，直到从纤手上发出一片光芒，夜烽顿时笑逐颜开。

“真是万幸！”从来把手机当做玩具的伊雪熙，这一刻真的爱死这台智能手机了！

“阵图里面的太阳在西面，月亮在东面，正常来说太阳和月亮都是东升西落，那么按阵图的指示来看，应该是在落日月升的时候，那么就是指傍晚，傍晚再加上吹南风就是黑夜流沙打开出口的时候了！”夜烽一口气分析道。

“现在是傍晚的六点十五分！”

“我们往南面走！”夜烽捉紧伊雪熙的纤手，在伸手不见五指的黑暗里拼命狂奔。

他们的脚犹如踩在沙漠里一样，寸步难行，体力在风阻力下消耗得特别快，但二人都保持着最后的斗志，哪怕以后倒下，也要倒在光明的世界里。

月亮那微弱的光芒渐渐从黑夜里浮现，伊雪熙兴奋得只想拼命扑过去，夜烽却突然停下了脚步。

“夜烽？怎么了？”伊雪熙生怕夜烽虚弱跌倒。

“雪熙，借你的包给我。”夜烽说道。

伊雪熙想也没想便摘下了包，但她万万没想到夜烽居然用包

把乌黑得看不清楚是什么东西的黑夜流沙装进了包里！

“夜烽，为什么要这样做？”

“要对付南陌，或许这黑夜流沙派得上用场，就算要淹没整个魔界，我也要救出以凡和玄邪！”夜烽信念坚定地说道。

3.

伊雪熙使用了“控制”力量，她与南陌的联系断裂了，他已经在那一场大雨里失去了伊雪熙的行踪消息。

伊雪熙的包每一分钟都在涨大，就如同一个迅速成长的生命。他们打开包一看，那乌黑一片的东西依旧是什么都看不清，但它明显变大了两三倍。

看来黑夜流沙离开了主体就会自己繁殖，而且是以疾驰的速度成长。

夜烽还记得纯吸血王族的位置在哪里，但他们只有两个人，别说对付南陌，就连混入皇宫也不容易，唯一的方法就是用毒！

夜烽好像找到了希望：“雪熙，我们用毒来对付他们吧！”

“好，你打算怎样？在他们的水里下毒？但我怕毒水还没有到南陌口里，他就已经发现手下中毒了。”

“不，我们只对付南陌一个。”

伊雪熙皱起了眉头，不解地凝视着夜烽。

“据我所知，南陌的力量应该很强大，但他没有什么得力的手下，不然为什么他杀了自己的父王，国家都没有人造反？看来大家都害怕南陌的力量。他只有一个很信任的手下，那家伙很忠心却笨得像猪头，妖力也不算很强。南陌离开魔界期间竟然由他来接管王族，我猜南陌用他就是因为他忠心。现在我们最大的敌人就是南陌了。”

“但南陌为人这么精明，要向他下毒谈何容易！”

“你有没有什么办法可以吸南陌的血？我要的量是多到普通生物的血补救不了的那个地步。”夜烽的问题已经呼之欲出了。

伊雪熙想了想，说道：“有一种叫菟丝子的植物应该帮得上忙，菟丝子是一种生理构造很特别的寄生植物，它可以攀附在其他植物身上，并从接触宿主的部位伸出尖刺，戳入宿主吸取其养分维生，更会进一步储存成淀粉粒存在于组织里面，也就是说，如果没有割断菟丝子，它就会没完没了地吸收对方的营养。菟丝子加我的‘控制’应该可以吸取南陌的血液，但我没有尝试过，我不敢确定。”

“你要对自己有信心，在珙桐林里面你不是控制得很好吗？”

伊雪熙甜美一笑，用力地点了点头：“嗯，我一定要成功！”

“好，那我们先想想办法怎样把菟丝子植入南陌体内。”

“对了，吸了南陌的血又怎样，就算其他吸血鬼的血救不了他，小烟的血也救得了他啊！”话音一落，伊雪熙这才迟疑地发现了夜烽的计谋，“哦！小烟的血有剧毒，你是在赌他们的兄妹感情？”

“没错，因为那种毒无色无味，无痛无痒，只有在运用强大灵气的时候才会发作，按道理说，小烟没有运用强大灵气的必要，所以我猜小烟还不知道自己中毒了，如果她真的在乎南陌，她一定会用自己的血救南陌的。”

小烟在夜烽心里终于有了地位，一个沐泱渴求却得不到的地位。

南陌可以无声无息地在伊雪熙身上下毒，却没有想过伊雪熙也可以无声无息地在自己的食物里下毒。

最近天气比较炎热，大家都习惯吃一些消暑的食物，而高高在上的皇室贵族吃的消暑食物当然也是名贵食材。据说正是锦瑟年华的南陌每周有两天都会定时进补，所以他必须吃一些女生不

会吃的消暑食材来保持平衡。伊雪熙把菟丝子的种子埋在只有南陌才会享用的消暑食材里。

对伊雪熙的控制断开了，南陌急得整天对无辜的臣子发脾气，御厨也加重了消暑材料，希望南陌暴躁的脾气有所改善。

为了保险，伊雪熙每天都在南陌专用的食材里埋下一棵菟丝子种子，如今他的体内已经种满了菟丝子，伊雪熙要等的就只是它们乖乖发芽。

生气的时候，暴躁的神经就像一条又一条无形的吸血虫，南陌一天比一天瘦，一天比一天虚弱，就像一个被吸了血的人干。

奢华的寝室里，突然传来一声凶狠的命令，看起来是又一个无辜的太医要被南陌拖出去砍了。

小烟默默看着太医又哭又喊地被拖走，最后还是忍不住向侍卫命令了一句："住手，放了他吧！"

"小烟大人？但是南陌大人有令……"侍卫感到很为难。

"现在要做的不是杀太医，而是要治好哥的病。"小烟丢下虚弱无力的一句，走进了南陌的寝室里。

南陌不想见任何人，听见居然有人大胆走进来，只想一手捏碎她的喉咙，但当他发现熟悉的面孔时，立刻打消了使用暴力的念头。

看着温柔却倍感难受的南陌，小烟竟然弯起了暗自欢喜的笑容，大胆坐在饥饿的野兽面前。

"南陌哥……"少女弯起了狐媚的笑容，再用话语勾引南陌的欲望，"南陌哥，你很久没喝过纯血种的血了吧？"

欲望比理智更迅速地霸占了南陌的心脏，尖锐的牙迅速从薄唇冒了出来，饥饿的男子已经无法忍耐，狠狠吸取着久违的纯正味道！

小烟强忍痛楚，哪怕阵阵眩晕划过脑袋。

良久，贪婪的男子才感觉到饿坏了的血管饱满起来，缓缓收起了牙，抬头望向这个对自己一直不离不弃的少女。

“小烟，我太对不起你了。”南陌突然觉悟，感到一种前所未有的愧疚。

“你知道就好！”小烟没有打算跟他计较，嘴巴不禁扁了起来。

“哥——”小烟一听，兴奋得圈住南陌的脖子，一把将他拉下来，大胆地向南陌展示自己的魅力。

“南陌大人！”突然，门外传来适时的呼喊，把温馨的气氛打破了，也同时把小烟气得脸红筋暴。

这个来得不是时候的密探，真的叫南陌有点不知所措，但他还是冷静地从床上爬起来，向他问道：“什么事？”

密探看了小烟一眼，欲言又止。

“什么事是我不能知道的？说！”小烟见状，立刻敏感起来。

“说吧。”南陌虽然在心里埋怨这个密探太笨了，可也没有说出口，只能顺着小烟的意思去做。

密探从口袋里抽出一件性感的睡裙：“这个是伊雪熙留下的衣服，在郊外三里的森林留下的。”

南陌见状，立刻飞奔到密探面前，一手抢过衣服，再狠狠地掴了密探一巴掌。

“浑蛋，竟敢将伊雪熙的衣服放在你身上？你是吃了豹子胆吗？”

“放在身上又如何？”小烟立刻走过来，一手抢过衣服，放到鼻子上闻了一下，讽刺地说道，“挺香的，伊雪熙这丫头真会诱惑男人啊！对了，衣服怎么会在你身上？是不是你从她身上抢过来的？”

密探一听，吓得三魂出窍：“小烟大人，话不能乱说，我只

是在森林里找到衣服而已，连伊雪熙的影子也没见到，要是看到了，南陌大人说了活捉就活捉，我们怎么敢对南陌大人的女人动手动脚！”

“南陌大人的女人？”小烟弯腰，瞋目切齿地瞪着他，“你说谁是南陌大人的女人？”

“小烟，算了，一个密探而已，何必跟他计较！”南陌劝告的同时，顺手抢过衣服，令人不由得去想他的目的还是衣服。

“南陌！你这是什么意思？我刚刚才给你吸血，这么快就忘恩负义了？”

“小烟，你想多了，我只是想拿衣服去研究一下有没有别的问题，说不定是伊雪熙想挑拨离间呢？如果你生气，可能就中她的计了！”

小烟瞪了南陌一眼，有点无地自容的感觉，不得不改变语气，坚持道：“你少用苦肉计了，我不生气可以，但我要亲手毁掉这衣服！”

“不行！”南陌先是脱口而出，但很快又找到掩饰的借口，“我都说了这件衣服是很重要的线索，现在我们跟伊雪熙他们已经断开了联系，我不想就这样放走他们！”

小烟皱起了眉头，满脸疑惑。见状，南陌温柔地摸了摸她的小脑袋，让她对自己加倍信任。

心虚的举动结束后，小烟才迟疑地说出自己皱眉头的原因：“哥，你有没有觉得很奇怪，伊雪熙进入魔界时明明没有带行李，为什么有衣服可换？而且她一直在逃亡，连洗澡恐怕都不敢，哪还有心情换睡裙睡觉呢？”

南陌一听，麻木的脑袋开窍，立刻望向密探。

惊恐万分的密探吓得大汗淋漓，心虚地解释道：“南陌大人，这衣服的确是在森林里找到的，而且这是人间的衣服，所以

我才以为……”

“难道是伊雪熙想破坏我们的感情？不过为什么会在这么巧的时候？难道我们宫里有内鬼？”小烟的猜测再次把密探吓得三魂出窍。

南陌冷静下来，把密探的脸抬起来。仔细一看，敏锐的南陌发现密探跟平日报告时的神情有点出入，与其说是神情，不如说是眼神。他的眼神很奇怪，就像被催眠了一样！

一想到这里，南陌立刻叫巫师把密探的精神“解剖”了！

经过巫师的分析，南陌发现自己被耍了！密探的意识根本不在自己控制之内，而是被别人催眠了！南陌命人仔细调查密探最近去过的每一个地方，最后的列表中有一个叫人敏感的位置。原来密探竟私下接触过凉以凡，欲从中找到一点线索而得到奖赏。

南陌一气之下亲手杀了这个笨蛋，心里却还是怀着一种讽刺。

Chapter 11 扯线木偶

1.

被鞭打了无数遍的身躯，旧伤口还在糜烂发炎，新的伤口又开始浮现。他紧紧咬着下唇，吃力地忍受着，却不愿意出卖最亲爱的人，也不愿意放弃自己。在那个伸手不见五指的漆黑夜里，他迷失了方向，一直在拼命呼喊：哥，救我……

惨叫令夜烽从梦中惊醒！睁开眼睛看见阳光的瞬间，夜烽才恍然，原来刚才凉以凡被毒打的画面只是一个梦，但他依旧无法安心下来。

看见大汗淋漓的夜烽，伊雪熙担忧地撑起身体，皱着眉头为他抹汗："怎么了？做噩梦了吗？"

夜烽的目光缓缓投向伊雪熙，似是渴望，又似是抗拒，犹豫的手下意识抬起来，不安分地握紧了伊雪熙的纤手。

感受到少女的温暖，夜烽猛地回过神来。看见少年愣了愣，伊雪熙不忿地说道："你不能就这样放开我，你欠我这么多，你怎么可以就这样放开我？"

夜烽无奈一笑，反驳道："我真的欠你这么多吗？"

"你说呢？"

"所以我现在就帮你救出玄邪！"夜烽利落地站了起来，打算重新出发。

伊雪熙依依不舍地拉着他的手，低着头，呼出大胆却不吐不快的话："你欠我这么多，是要还利息的！"

夜烽惊讶地望向伊雪熙，眼里划过一丝失落，却掩饰过来，

扬唇一笑："好，那个以后再慢慢算吧！"

伊雪熙一听，像小孩子一样露出天真烂漫的笑容。

烈日炎炎，焦沙烂石的炽热覆盖了整个国家，奢华的皇宫城门挂着一个物体，远远看过去，他像一个扯线木偶，也像一个被晒得没有脂肪的人干。

他身穿短袖T恤，伤痕和紫红色的魔纹缠绕在手上，令人分不清到底哪一条是伤，哪一条是魔纹。

熟悉的影子吸引着人不由自主地冒着生命危险走得越来越近……

是以凡！二人震惊得驻足而立！

狠心的南陌把凉以凡吊在城门上面，一只乌鸦飞到他的肩膀上，贪婪地攻击着这个没有反抗能力的猎物，被折磨得体无完肤的凉以凡微微抽搐了一下，然而，被紧紧扯住的双手根本无法拨开乌鸦。

见猎物无力还击，乌鸦立刻呼喊其他同伴一起过来吃掉这块大肉。

夜烽再也按捺不住，迅速迈出激动的脚步，幸好伊雪熙一直牵着他的手，不然也来不及拉住这个冲动的少年。

"不要去！"伊雪熙紧紧抱住夜烽的手臂，生怕一松手，夜烽就会飞到凉以凡面前，"你一出现就会有很多人攻击你！这是南陌的陷阱啊！"

"我怎么可能看着以凡死？"

伊雪熙也焦急如焚，目光再次落在凉以凡身上时，发现了惊人的一幕："你看！"

夜烽随即望向凉以凡，发现凉以凡竟然运用体内的气息驱走了乌鸦群！夜烽不敢断定那种气息是否是灵气，因为它弥漫着魔鬼的味道。

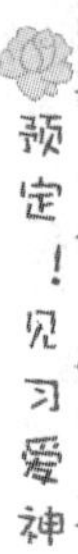

"为什么以凡手上会有那种纹？"当夜烽看清楚凉以凡手上的魔纹时，心里浮现出又一种恐惧。

夜烽一说，伊雪熙才注意到那种阴森的颜色，那种独特的纹路，不就是自己曾经长过的魔纹吗？

伊雪熙下意识捂着手臂，脱口喃喃着："我曾经长过这种魔纹，在你去魔界那段期间，但长了几天就突然消失了。"

"消失了？是不是吃过什么？还是遇到了什么？"

伊雪熙仔细回想一下，继续喃喃道："我想应该是南陌给我下的毒，但按道理他不会给我解毒啊……"

"以凡？"夜烽突然想起自己从魔界回来的那一刻，"你跟以凡平日会经常接吻吗？"

敏感的问题让伊雪熙尴尬得面红耳赤："你干吗无端问人这种问题？"

"快说！"夜烽急不可待，用吼的语气对待伊雪熙。

被吓了一跳的少女愣了愣，好不容易才轻若无声地说："没有，我们只接吻过两次，两次都被你发现了，那天他很突然就……"

"难道以凡吸了你的毒？"夜烽的理智已经开始脱离轨道了。

伊雪熙一听，大惊失色，不禁惊呼道："你是说以凡知道我中了毒，所以才故意这么做的？"

"不要把责任推在别人身上！"

伊雪熙皱起了眉头，实在不愿接受，努力地叫自己不要胡思乱想。

伊雪熙一声不哼，夜烽不禁脱口喝道："要不是你，以凡怎么会中毒？"

狠心的话叫人彻底明白了夜烽的心情，伊雪熙也无法压抑自己的愤怒："要不是我，以凡也不会被捉，你也不需要承受与亲

人分离的痛苦，你也不需要为了我这个闲杂人等差点丧命对不对？你想说是我破坏了你们的兄弟情对不对？”

夜烽咬了咬牙，冷漠地转过身去。

少女的怒火在等待之下猛烈地燃烧着。

“是我欠你的。”半晌，夜烽才挤出几个字，简单的一句话，却比利刃更刻骨。

他欠她的，不过是一个责任？或许，在他心里面，她不过只是一个责任，甚至一个包袱。

“你没欠我什么，那天晚上是我自愿的，所以你不用背负什么责任。”连最不想承认的事实都脱口而出了，伊雪熙紧紧咬着下唇，“是我欠了你们的，既然你一点都不在乎我，那么救出父亲和以凡之后你就亲手杀了我吧！”

夜烽微微一愣，偷偷握紧了拳头，却连回头的动作也没有。

凭这一个背影和狠心的沉默，伊雪熙便知道他做得到，因为他太爱凉以凡了，爱得已经在不知不觉间开始去恨她。

伊雪熙再也没有借口留在这里，费尽毕生的力气转身，从人群中穿了出去。

夜烽迟迟回过头去，却只看见一个潇洒的背影大步大步地离开。

我一直以为自己是控制你的主人，当我被你勒到呼吸困难的时候，我才发现自己在不知不觉中已经变成你的扯线木偶了。

2.

冷冽的皇宫，侍卫们像木偶一样看守着这座琼楼玉宇，却没有丝毫人气，一片苍凉。

没有人阻止伊雪熙进宫，反而列成两排，欢迎她的光临，并指引她的去处。

大门为她打开了，南陌在奢华的寝宫里面。当伊雪熙的脚步踏入这个美丽却死寂的空间时，唯一的出口却关上了。伊雪熙强忍颤抖，昂首挺胸走进寝室深处。

南陌赤裸上身，从渐渐滑落的被子里撑起身体，宛如一个刚刚享受过尊贵待遇的猎人，随即又用贪婪的目光注视着眼前更秀色可餐的新猎物。

“是什么风把你吹来的呢？”南陌勾起阴森的嘴角，隐藏了无比诡异的实力。

“你明明知道的。”伊雪熙也弯起有点讽刺却甜美的笑容，绝色美貌，简单的一个表情已经足以让人倾心。

“夜烽终于丢下你了？”

“是我丢下他，不行吗？”伊雪熙大胆走到南陌面前，再道出更大胆的问题，“我父亲现在怎样了？”

南陌冷冷一笑，讽刺道：“你不知道自己的处境吗？居然还敢问我这种问题？”

“对哦，你恨他，我差点忘了，我以为我在你心里面还有一点地位。”伊雪熙自嘲道。

“我对他的恨永远都无法磨灭，但你也许能够抵消一点，是不是想用自己来换玄邪？”

雅静的少女一脸淡然，看了南陌很久：“换我父亲和凉以凡两个。”

“呵！你未免太贪心了吧？”南陌摇了摇头，再凝视着这个桀骜难驯的少女。

伊雪熙优雅地坐在床上，轻轻贴近南陌，那双清澈如天使，却又像住着一个魔鬼的瞳孔慢慢地吞没了南陌的理智。伊雪熙没有顺应南陌的欲望去抚摸他或者亲吻他，只是停留在与他只剩下四五厘米的近距前：“难道我已经没有资格当你的妻子了？”

诱人的声线和妩媚的笑容令人怦然心动，南陌的理智也迅速被体内的电流淹没了！

“当然有！”南陌就像一只饥饿得急不可待的猛兽。

伊雪熙的纤手轻轻圈住了南陌的脖子，南陌不受控制的手随即拨开伊雪熙的头发，瞬间，裸露的脖子呈现出最诱人的肌肤。

当伊雪熙以为南陌会一口咬下来的时候，南陌却悄悄埋头，用湿润的舌头舔了舔那光滑的脖子，让人浑身划过一种毛骨悚然的冰冷。

伊雪熙强忍下来，极力让自己屏蔽呼吸，压抑颤抖，因为她知道南陌一定还在防范。

“不打算暗算我吗？”南陌果然在防范。

“既然来了这里，我就没有必要暗算你，也没有这个能力，不是吗？”五指宛如电流一样滑落到南陌的胸膛上，敏感的神经顿时被这份诱惑掩盖了一切，却忽略了那一条系在伊雪熙手上、她却从来没有戴过的手链。

南陌勾唇一笑，猛地把伊雪熙压在床上，比起身体的欲望，鲜血一天比一天少的南陌对血液的欲望更为强烈，感觉到伊雪熙已经成为自己的宠物后，便第一时间张开牙，扑向伊雪熙的脖子！

对于吸血鬼来说，吸血是最享受最麻木的时刻，当伊雪熙感觉到脖子传来一阵刺痛时，伏在南陌胸膛上的纤手微微移动了一下，意念让手上的项链穿出一条微细的针，直直刺进南陌的心脏！

猝不及防的男子猛地一震，连看也无法看伊雪熙一眼，意识就已经麻木了。

见状，伊雪熙立刻推开南陌，惊恐万状的心脏与身体同时颤抖起来。

见南陌好像真的被自己的麻醉针刺晕了，伊雪熙大胆地喊了门外的侍卫进来。

伊雪熙把被子盖在自己和南陌身上，让南陌做出一个假装在亲吻自己的样子。侍卫看见床上裸露上身的南陌没有好奇，伊雪熙用力压低声线，向侍卫命令道："给我押凉以凡过来！"

侍卫遵命，立刻到大牢带凉以凡出来。

伊雪熙步步心惊，她真想立刻就看见凉以凡，她真的很害怕南陌的抵抗力比自己想象中要强，或许他下一秒就会醒来。

半晌，凉以凡终于被押过来了，可是当他看见南陌压在伊雪熙身上，顿时激动得像发疯了似的！伊雪熙立刻趁着吵闹的时候用低沉的声音叫侍卫退下。

外人离开了，伊雪熙马上推开南陌，凉以凡这才明白这幅画面的真相！

"以凡你没事吧？"伊雪熙跑到地上，担忧如焚地捧着凉以凡的俊脸，魔纹已经蔓延到脖子和右边的脸上了，但这并不重要，伊雪熙心疼的是凉以凡瘦了很多，也憔悴了很多，身上有很多被毒打的伤痕，"他们居然把你打得这么狠……"

"我没事，雪熙，我们赶快走吧！"凉以凡天真地扶起伊雪熙，但她站在原地，一动不动。

"我们跑不掉的，这里全部人都知道我和你是要犯。"伊雪熙望了望南陌，再道，"你快来试试可不可以盗取南陌的梦？我想知道父亲被困在哪里了。"

凉以凡点了点头，义不容辞地跑到床上，尝试盗取南陌的梦境。

多亏南陌的魔咒，凉以凡现在的力量提升了很多，盗梦绝技也得心应手了。

在凉以凡的盗梦过程中，伊雪熙每一秒都是胆战心惊的，她

害怕的不只是南陌，还有小烟。伊雪熙打算在凉以凡成功盗梦之后尝试逃走，就算失败也只是关进地牢，躲在地牢里总比躲在南陌身边安全得多！

可惜天意弄人，刚才的侍卫果然没有相信伊雪熙，他向小烟告密了，凉以凡还没有醒来，小烟就已经气冲冲地破门而入！

伊雪熙立刻唤醒凉以凡，生怕被小烟发现凉以凡盗梦之事。

“贱人！”小烟一跑进来就扬手挥向伊雪熙的脸颊，凉以凡立刻捉住了小烟的手腕。

小烟愤然甩开凉以凡，怒目狠狠瞪着伊雪熙：“贱人，天堂有路你不走，地狱无门你偏闯？好，我今天就亲手杀了你，看你还能不能跟我嚣张！”

“你杀了我怎么跟南陌交代，你趁他睡着的时候杀我，难道你没有信心赢我吗？”伊雪熙一针见血，刺破了小烟的脸皮。

“哼！那么我就杀了这小子！”

“你杀了他的话我立刻自尽！”

“你——”小烟气得脸红筋暴，实在没有对付伊雪熙的办法，又压抑不住这股气。

“我们来赌一场吧！”聪明的少女看穿了小烟，立刻给她一个台阶下。

“怎么赌？”

“到底南陌紧张你比较多还是紧张我比较多？你把我和以凡都关进大牢，如果南陌会吃醋的话，他会立刻放了我，那么不用说你就是输家。”

“哼！哥会听我的话！”

“走着瞧！”

小烟被伊雪熙气得进退两难，马上命人把他们关进大牢，然后拂袖而去。

跟凉以凡被关闭在一间昏暗得几乎看不清对方脸的大牢里，伊雪熙松了一口气。

看着伊雪熙被迫待在这种不是人住的地方，凉以凡不禁心疼地把可人搂入怀里。伊雪熙抽搐了一下，轻轻推开凉以凡，挤出严肃的语气："以凡，你刚才盗了南陌的梦吗？"

凉以凡沉重地点了点头："嗯，可惜你我都关在这里，知道你父亲在哪儿也没有用。"

"他在哪里？"虽然知道没有用，伊雪熙仍然忍不住发问。

"他在黑夜流沙的最南面，但他被南陌的妖气镇住了，只要南陌一天没有死，他就逃不出来。"

"那么你有没有办法把我们身处的地方和我父亲身处的地方告诉夜烽？"

其实他早就有办法把自己藏身之处告诉夜烽和伊雪熙，但他不想被他们找到，因为他知道这是死路一条。但此时此刻，看着伊雪熙跟自己一起受苦，凉以凡不得不从绝望中开出一条血路，他无论如何都要尝试，不然伊雪熙迟早会成为最可怜的受害者。

犹豫了一阵，凉以凡沉重地点了点头。

3.

一阵黑色的物体突然入侵王族，晴朗的天空依旧光亮，可是地上却被一堆宛如流沙的黑色物体渐渐覆盖，让白天也变得像黄昏一样黑暗。

夜烽曾经说过，就算要淹没整个魔界，他也要救出凉以凡和玄邪。

伊雪熙相信这是夜烽所为，黑夜流沙袭来了！原来他没有放弃过，早就把黑夜流沙放在皇宫附近，让它蔓延到宫内，虽然伊雪熙知道他的目的只是为了救凉以凡。

但现在还不是夜烽出手的好时机，他需要等到夜晚，需要月亮的光芒，而南陌一醒来便展开了反击行动。

黑夜流沙逐渐蔓延到皇宫里面，他们不知道夜烽的位置在哪里，而且吸血鬼不能飞翔，在这种布满流沙的地方连步行都已经很勉强了。

得知南陌的反击，凉以凡担忧如焚，伊雪熙却只默默地坐在大牢里。

地牢里只有一个小小的窗户，人爬不出去，但他们可以看见外面的天气。

天色渐暗时，伊雪熙终于站了起来。

“以凡，你准备好，月亮升起的一刻就是我们逃跑的时候。”伊雪熙泰然自若地命令道，凉以凡一时之间不知道是惊还是喜。

待月亮浮现的瞬间，伊雪熙立刻使劲地拍门，在这种慌乱的时刻，门外的侍卫看守得更严格，只是冷冷地对门内的一级囚犯喝道：“今天大家都很忙，没饭送过来！”

“地面是不是被一股黑暗的物体淹没了？我有办法解决这个问题，带我去见南陌！”

“南陌大人的名字是你喊的吗？南陌大人现在很忙，没时间见你！”侍卫对伊雪熙有着针对的心态。

“如果因为你阻止我见南陌而出事，谁担当得起责任？”冷静尖锐的话顿时把侍卫吓怕了，他犹豫了一下，最后还是小心翼翼地打开大牢的门。

门一打开，伊雪熙立刻用手链上的毒针刺进侍卫的身体，一见同伴倒下，其他几个看守牢房的侍卫随即汹涌而上，伊雪熙借助油灯下微弱的光芒踩住侍卫的影子，再向凉以凡急呼道：“以凡，拔了他的剑！”

此时此刻，凉以凡已经顾不了什么残杀生命的良心问题，一

手拔出侍卫的剑，向迎面而来的敌人拼命挥舞。

伊雪熙用所剩无几的毒针刺晕眼前几个侍卫，然后和凉以凡迅速逃离混乱的皇宫。

现在是南风，虽然很微弱，但加上淹没了地面的流沙海，走出皇宫之后，他们发现眼前真是让人寸步难行。

南陌已经开出了一支军队，乘船而进，领队就是南陌本人。

伊雪熙望向天空，月亮正在一点点地浮现，如此下去，黑夜流沙会淹没整个王族，所以他们一定要在夜烽出手之前跟他会合！

伊雪熙知道南陌一定不止准备了这么十几条船，谨慎的他一定会留后备，于是他们决定冒险潜入皇宫。

得知伊雪熙有如此大胆的举动，凉以凡再次担忧起来，拉住冲动的她："雪熙，你不要去，我现在有了点力量，让我去吧。"

"不行，我们不可以再分开了！"

"雪熙……"凉以凡感动地握住伊雪熙的纤手，温柔地承诺道，"放心吧，这次我一定会安全回来的。"

"以凡，现在黑夜流沙在渐渐上升，万一分开了我们就很难见面。"伊雪熙沉思了一下，"虽然这样做不太好，但现在只能利用植物的叶子给我们当船了。"

"但是一片叶子怎能乘得起我们？"

"我有办法控制。"伊雪熙抿了抿唇，给自己打了一支强心针，然后在身旁的树上摘下了一片叶子。

普通叶子握在充溢着灵气的掌心里，竟然随着伊雪熙的信念变成可以承载二人的巨大叶子。二人坐在上面后，少女凭借强烈的意念和灵气驱使叶子逆风而行。

良久，伊雪熙和凉以凡终于追上了行使艰难的军队。他们同时发现最南面的方向渐渐卷起了一阵龙卷风，直穿月亮，与唯一

的光源融为一体。

对未知的敌况，南陌望而却步。为了让南陌接近龙卷风，伊雪熙大胆地在南陌面前经过，然后迅速游向唯一的发光体！

伊雪熙回头一看，勃然大怒的南陌果然跟过来了，于是她立刻用最后一根毒针攻击南陌，可是敏锐的男子迅速躲开了，并用妖气加快了船只的速度，逐渐接近伊雪熙！

聪明的少女虽然已经寒毛卓竖，可还是极力冷静下来，向凉以凡低声命令道："以凡，我们现在兵分两路，你迎着龙卷风方向就会找到夜烽了，然后我就去救父亲！"

"雪熙，你不是说我们分开了就很难再见面的吗？"

"所以我必须尽快救出父亲！以凡，你要尽量把南陌引去夜烽的位置，现在只有夜烽才能对付南陌，知道吗？"

"嗯！"凉以凡点了点头，最后向伊雪熙急促离去的背影担忧地说了一句，"雪熙，小心点，我会等你出来再走的！"

南陌一天不死，玄邪的束缚一天都不会解开，伊雪熙明白这个道理，所以她必须让南陌与夜烽交锋，让南陌使出强大妖力。

龙卷风强行与月亮融为一体时，世界突然昏暗一片，南陌顿了顿，分不清伊雪熙的方向，凉以凡却大胆地向龙卷风方向喊了一声"夜烽"。南陌一听，立刻有了新的目标，尽管现在捉不住伊雪熙，但也要杀了他们兄弟二人！

南陌迎着凉以凡的声音而行，龙卷风此时逐渐散去，月亮恢复最光芒的瞬间，夜烽借其力量，横向一砍！

强大的威力从远处直吹过来，南陌立刻使出八成妖力抵挡。可怕的灵气从南陌身体横穿过去，扫过南陌背后的十几只军船。在猝不及防的强大攻击下，军船不堪一击，星落云散，船上再强大不过的吸血鬼精兵也一一被吹倒在黑暗的流沙里，军船随着狂风翻飞颠倒，令他们连捉住船只求生的机会也没有。

南陌以为自己使出八成妖力去抵挡夜烽的攻击已经高估了他的实力，但南陌万万没想到夜烽的子夜砍穿过身体之后，体内每一条经脉都好像逐渐断裂了一般，南陌想保护这一条尚未完全断裂的神经，那一条又开始断裂了。

“以凡，下一击就是我的最后一击了，你现在赶快去找伊雪熙，在光芒穿破黑夜流沙的一刻带他们来到我这里，不然就没有机会了！”夜烽向躲在身后的弟弟命令道。

“嗯，哥你放心，我们一定会成功出来的！”语毕，凉以凡立刻往夜烽左手的黑暗边跑去。

黑夜流沙已经掩盖了下半身，凉以凡不但举步艰难，就连视线也逐渐模糊起来。凉以凡一边努力前进，一边呼唤着伊雪熙，希望尽快找到她。

“以凡，我在这里！”伊雪熙一下子便听出了凉以凡的声音，随即用手机里所剩无几的电量开打了“手电筒”功能，让凉以凡确认自己的位置。

发现伊雪熙的同时，凉以凡也看到了一个面黄肌瘦、憔悴得像快要死掉的中年男人。

“伯父？”凉以凡惊讶地问道。

“嗯，他就是我父亲，但我没有办法解开南陌的咒，怎么办？”伊雪熙焦急如焚。

“哥说等一下他会使出最后一击，在光芒穿破黑夜流沙的一刻我们立刻到哥那里就行了！”

“子夜砍需要很大的力量，夜烽不能扛太久。”伊雪熙一手握住玄邪，一手握住凉以凡，“我复制了夜烽的能力，我猜也可以运用他那种像箭一样的步伐，夜烽杀掉南陌的一刻，我就带你们冲出去！”

所谓“烂船也有三斤铁”，南陌体内的毒虽然在运功的时候

爆发，可是跟夜烽抗衡的力气还是有的。

重新挺直了腰的南陌倏然勾起自信得令人心寒的微笑，利用非常微弱的光芒凝视着十几米远的夜烽："刚才那个就是你的绝技？你的气息比刚才弱了很多，看来不能再用第二次了！"

"哼！谁说不能？"夜烽说话的同时，龙卷风竟然从月亮里面袭卷而来。

夜烽手一扬，使出最后的所有灵气，把灵剑利落一挥。

南陌大惊失色，使出全部功力还击，因为子夜砍的威力和范围大如风暴，南陌根本没有逃跑的机会，只好正面迎击。

南陌真的没有想到夜烽居然耗尽最后的力量来对付自己，难道，夜烽真的要用性命去赌这一场？

为了让他们成功出来，夜烽用尽最后的灵气扛住短暂的出口。

光芒穿过黑夜流沙之际，伊雪熙不顾一切地使尽自己的意念，以体内复制过来的力量冲出黑夜！

迎着已经看不见的视线冲向月亮底下的位置，她不知道自己是不是使用了夜烽的疾驰速度，虚弱的伊雪熙终于和一动不动的夜烽重聚了。四目交接之际，凉以凡脱离了伊雪熙的纤手，扑上前抱住久违的亲人，也同时把夜烽的视线吸引过去。

夜烽极力抚摸着凉以凡的脸颊，他看起来没什么大碍，只是那些可恶的魔纹已经蔓延到脸上而已。

夜烽松了一口气，立刻向伊雪熙说道："赶快离开这里！"

"但我们只有来的方法，没有走的方法啊！"伊雪熙也焦急如焚。

"我有！"身体虚弱的玄邪倔犟地站了出来，"你们都不能再使用灵气了，离开必须用灵气画阵图，那个气力我还是有的。"

Chapter 12
像血一样灿烂

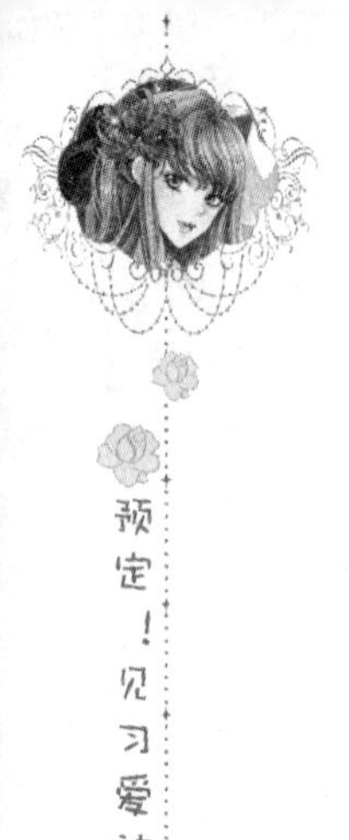

1.

在黑暗封闭的瞬间，玄邪把大家带回了伊雪熙的家。回到人间，大家都耗尽了力气，夜烽再也站不起来了。

大家都累得倒在床上大睡，谁都没有发现，夜烽的呼吸变得越来越微弱了，体内的毒素一点点地腐蚀着他的神经，夜烽第一次承受这些无法忍受的痛苦。在昏暗的黑夜里，他缓缓睁开了眼睛，凝视着熟悉的天花板，明明一片幽黑，却好像看见了很多人。爸爸、妈妈、王奶奶、沐泱、凉以凡……甚至……伊雪熙。

夜烽不禁笑了，原来他也有脆弱的一刻，在这最后的时光里，他竟然希望所有珍爱的人都围绕在身边，可惜他连躺在怀里的凉以凡也不敢惊动。

夜烽借助最后的理智，极力撑起身体。曾经只用五指就可以捏碎别人骨头的身体，现在居然连起床也好像筋骨在爆裂一样。

双脚好不容易踩在地上，操之过急的夜烽想站起来，却没有发现双脚根本支撑不了身体的重量，猝不及防之下便倒在了地上！

巨大的声响惊醒了凉以凡，夜烽还没有来得及爬起来，脆弱的一面已经被弟弟发现了。

“哥，你怎么了？”第一次看见这个用手抓住床边极力爬起来的夜烽，凉以凡吓得三魂出窍，立刻把夜烽扶到床上。

他本来以为夜烽只是累坏了，万万没想到竟是如此严重的情况。凉以凡打开灯，继续担忧地追问：“哥，你怎么了？怎么脸

色这么差？”

打开光源，凉以凡这才发现夜烽的脸颊已经白得发紫了！

“我没事……”夜烽极力道出三个字。

见状，凉以凡立刻跑出房间，敲打伊雪熙的房门。

伊雪熙从睡梦中惊醒，听见凉以凡焦急的呼喊，问道：“怎么了？该不会是夜烽跑了吧？”

“不！哥很奇怪，他的脸白得发紫，全身乏力，好像病得很严重的样子！不！不是病，好像是中毒，又好像……”凉以凡焦急得有点语无伦次了。

伊雪熙来不及听完凉以凡的话，就跑向了夜烽的房间。

看见这张惨白如尸的俊脸，伊雪熙探了探夜烽的脉搏，却连自己都惊骇起来了：“你的脉搏怎么会这么乱？难道是小烟的毒？不，你体内有这么多种毒素，你一直都没事，为什么……”

“哥，你在跟南陌对战的时候是不是受伤了？”凉以凡猜测地问。

“对了！你使用了两次子夜砍，以前你用一次都很虚弱了，现在用两次一定把元气都耗尽了吧？”伊雪熙发现了问题所在，立刻向凉以凡命令道，“以凡，你立刻去密室叫我父亲过来！”

凉以凡先是一愣，因为伊雪熙好像把角色调换了，玄邪是她的父亲，这是她的家，应该去把玄邪叫过来的人是她，而夜烽是他的哥哥，陪在夜烽身边的人应该是自己才对。但凉以凡只是疑惑了一下，还是立刻走出房间。

伊雪熙蹲在地上，激动地握住夜烽的手，不禁怒骂起来：“笨蛋，你为什么老是这么逞强，不能让我帮你一次吗？”

夜烽凝视着伊雪熙，眼神宛若很想走近却无力走近。最后，夜烽只能尽快说出可能再也说不了的话：“雪熙……我等不了你一千零一夜了……我也杀不了你……反而被这些毒毒死……”

“谁说你要死了？我和父亲一定会找到方法帮你解毒的！”伊雪熙用吼的力度喊道，明明气得咬牙切齿，泪水却淹没了眼眶。

“我体内的神经已经被毒素腐蚀了，这一次我真的熬不过去了。”

伊雪熙捂住夜烽的嘴巴，激愤地喊道：“我不许你说这种话！你不可以死，在我还没死之前你绝对不可以死！”

正在吸收修炼池里所剩无几的灵气的玄邪匆匆赶过来，看见女儿满脸泪痕，二话不说便给夜烽把脉。

“父亲，带夜烽去修炼池吧！”看见精神好了很多的玄邪，伊雪熙想起这个方法。

玄邪眉头皱了起来：“不行，他现在身体很弱，修炼池的气息反而会令他更难受。”

“那该怎么办？父亲你一定要救他！一定要救他！”泪如泉涌的伊雪熙已经激动得失去了理智，她捉住玄邪的衣角，像哀求陌生人一样请求自己父亲帮忙。

玄邪惊讶地望了望这个清高的女儿，冷静地说道：“我先用灵丹保住他的性命，再仔细研究到底是哪里出了问题吧！”

事到如今，伊雪熙只能点头，按着父亲的办法行事。

看着玄邪急急离开了，凉以凡也跟随他走出房间，因为他发现房间里有一种无法容纳多一个人的压迫感。

夜烽终于不得不承认，他是他们之间的第三者，但这种事情往往都要有人受伤。

2.

精通毒学的玄邪把一颗能治百病的灵丹给夜烽吃了，但他依旧没有一点起色。夜烽清楚记得自己曾经中过什么毒，把每一种毒名都列出来了，玄邪的灵丹可以解除他说的所有毒素，除了小

烟那不知情的毒之外。

第一次遇到这么奇特的身体，连玄邪也束手无策。他能做的，只是继续研究。

伊雪熙一分一秒也不肯放过，夜以继日地研究药物，累得视线模糊，脑袋也巨烈疼痛起来。

昏昏欲睡的伊雪熙终于趴倒在研究的桌子上，失去了知觉。

凉以凡一直不敢打扰伊雪熙，直到看见这一幕，他才敢偷偷地接近自己的女朋友，并张开双手去环绕已经睡着了的少女。

为什么明明是自己的女朋友，却要偷偷摸摸地去抱她？凉以凡不明白，当他不知不觉地盗取了伊雪熙的梦境时，凉以凡不得不承认，其实自己早就知道答案，只是不想去承认而已。

仿佛因为身上的压力突然离开了，伊雪熙也从梦中惊醒。伊雪熙仿佛没有察觉到凉以凡的存在，只是惊呼了一句“糟了，我居然睡着了”，然后看也没有看凉以凡一眼，便匆匆跑往夜烽的房间。

夜烽的生命算是勉强保住了，但是经过这两天的观察，玄邪的灵丹妙药也无法阻止他的毒液扩散开去，再这样下去，夜烽还是会死，所以伊雪熙害怕夜烽会在她不小心睡着的那一瞬间合上眼睛。

她一边跑进夜烽的房间，一边呼喊夜烽的名字。

疲惫不堪的少年用力睁开了眼睛，生怕慢了一秒，眼前的少女便会泪流满面。

“幸好你没事！”伊雪熙扑倒在夜烽怀里，心脏都急得快要停止了，“我刚才不小心睡着了，好害怕一醒来你就走掉了！”

“我离开不是很好吗？这样你就不用……左右为难了……你从一开始就……喜欢以凡……以凡也是这样……相爱不是最幸福的……事情吗？”夜烽极力安慰伊雪熙。他知道自己的命数在一

点点地耗尽，现在能做的只有让他们都面对现实。

“不！我谁都不要，我只要你对我负责！”伊雪熙赖在夜烽的胸膛上，泪水又涌出了。

夜烽努力弯起甜蜜的微笑：“我对你的不只是责任。”

伊雪熙一听，用模糊的视线看着夜烽：“那是什么？”

“如果我告诉你，你会让我安心离去吗？”

“不要！我要你告诉我，然后永远留在我身边！”

“你真霸道啊！”

“这是跟你学的！”想起霸道，伊雪熙的脑海中又浮现了一个画面。

狂妄的少女大胆地把脸颊凑向夜烽，羞涩又怀着欲望的脸颊，让人浑身剧痛的神经也划过一丝麻痹，夜烽不禁瞪大了眼睛，语带惊恐地问道：“你想干吗？”

“我要把你的毒素吸走！”伊雪熙让桃唇渐渐靠近夜烽的薄唇。

“呀！你这是侵犯没有还击能力的少年耶！”

“我不管！”夜烽的反抗令伊雪熙加倍勇敢，少女双手捧住夜烽的脸颊，让他动弹不得，然后大胆亲吻夜烽。

“雪熙你在干什么？”看见伊雪熙的瞬间，站在门外已久的凉以凡终于惊动了他们。

伊雪熙惊骇抬头，门外的灯光照射在那张苍白的俊脸上，伊雪熙从来没有见过面部僵硬得像一个扑克人的凉以凡。

突然，怒火中烧的凉以凡拔腿走出长廊，伊雪熙还愣在原地，惊讶得不知所措。担忧如焚的夜烽狠心地命令伊雪熙立刻去追凉以凡，然后跟他解释清楚。

凉以凡走得不是很远，脚步比想象之中慢多了，仿佛刻意等待伊雪熙的出现。

“以凡。”伊雪熙喊住了凉以凡，语气很凝重，声音也很沉重。

凉以凡转过身去，横眉竖眼地瞪着她：“怎样？你想求我原谅吗？”

伊雪熙被眼前这种狠心的语气吓了一跳，平日温柔的凉以凡就像完全变了一个人。

“以凡，你怎么这样？难道你不在乎夜烽的生死吗？”伊雪熙皱起了眉头，因为她心存疑惑。

“或许他死了更好。”

“什么？”伊雪熙简直不敢相信自己的耳朵。

“难道不是吗？”凉以凡冷冷地看着伊雪熙，目光也变得像他的魔纹一样可怕，“他的出现破坏了我们的感情，还抢了我的家人，害我现在变成一个人不像人、鬼不像鬼的妖怪，其实我恨死他了，我早就不喜欢他了，我根本不想接受他就是我哥哥的事实！”

“以凡！”伊雪熙狠狠喝了凉以凡一声。

凉以凡眯起了眼睛，用一种像南陌般阴森又讽刺的目光打量着伊雪熙：“我现在给你一个机会，用你服侍夜烽的方法来服侍我，我就当做你跟夜烽什么都没有发生过！”

“凉以凡！”伊雪熙真的很想狠狠掴他一巴掌，但她现在没有心情去理会凉以凡为什么会变成这样，也没有力气去愤怒，她的精力要用在夜烽的治疗上。

伊雪熙深深吸了一口气，懒得跟凉以凡计较，愤然转身。

看着大步走开的少女，那双握得紧紧的拳头松开了……

在伊雪熙的脑海里，全是夜烽的脸颊，但在凉以凡的脑海里，全是他们的脸颊。此时此刻，凉以凡才发现原来他真的无法从爱情或亲情中选择一个。

3.

凉以凡没有上学，也没有留在伊雪熙的家里照顾夜烽，晚上更没有回家。乖巧的凉以凡从来没有发生过这样的事，凉母接到学校的投诉后，不得不打电话骚扰夜烽，这才知道了夜烽已经奄奄一息了。

她说过不会再放弃夜烽，所以这一次她不会再坐视不理了。

凉父凉母赶到伊雪熙家里，发现躺在床上动也不能动的夜烽，五内俱崩，声嘶竭力地哭倒在夜烽身旁。

伊雪熙打了很多个电话，凉以凡才迟迟到来。父母已经没有心思去骂凉以凡了，只想握着夜烽的手，跟他相处到最后。

看见这个以为再也见不到的弟弟，夜烽的精神霍然回归，焦急地欲撑起身体，父母却担忧地把他压下去，然后命令凉以凡来到哥哥身边。

好像背负了一块巨石的凉以凡，脸色跟脚步一样沉重，他没有靠近夜烽，只是跟父母说："爸，妈，你们出去一下好吗？"

识趣的父母没有多问，默默地走到门外。眼看一直站在角落的伊雪熙也打算离开时，凉以凡却把她喊住了。

伊雪熙感到一种面临死亡的巨大压力，但她还是把门关了起来，接受应有的惩罚。

凉以凡站在夜烽面前，二话不说抛出尖锐的问题："如果你好起来的话，会跟雪熙在一起吗？"

不知道是不是接近死亡，此时此刻，夜烽竟然没有掩饰的力气，只想坦然面对："嗯……以凡……对不起……"

冷冷看着夜烽的这个眼神好像不是来自昔日温柔善良的凉以凡了，现在的他就像被南陌的影子入侵了的躯壳一样，冷血无情。

这一刻，夜烽的心突然慌了，他很后悔自己的坦白，仔细回想，凉以凡的突变，虽然是从昨天看见他跟伊雪熙接吻后才出现的，但以凉以凡的性格不会如此冷漠，这个会不会跟他身上的魔纹有关呢？

"以凡……你在魔界的时候，南陌有没有对你使用过什么奇怪的酷刑？或者在你身上注入了什么？"夜烽担忧地猜测道。

"你想说我变成恶魔了，对吧？"凉以凡冷冷地说，"那么你有没有想过到底是谁让我变成恶魔的？我现在弄成这样子，连我的女朋友都嫌弃我，到底是谁把我害成这样的？"

凉以凡的怒火已经布满了脸颊，但他还是压抑着声音，生怕被门外的父母听见。

未等夜烽回神，伊雪熙立刻走到凉以凡面前，安慰道："以凡，你为什么要这么想？你怎么会是恶魔呢？你会好起来的！我一定会把你治好的！"

"你会把我治好？那么为什么你把我丢下不管？"

"只是现在夜烽的情况比较危机嘛，难道——"伊雪熙顿了一下，因为她想起凉以凡昨天说的狠话，生怕他会再说一次影响到夜烽的心情，"我绝对不会丢下你不管，等治好夜烽的病，我们就会帮你想办法的！"

"好！你说你不会丢下我，那么就证明给我看！在我哥面前证明你是我的女朋友啊！"凉以凡捉住伊雪熙的手臂，眼露凶光，令人不寒而栗。

"以凡……"伊雪熙眉头紧皱，担忧地看着凉以凡，却又不敢猜测，不敢责备，生怕会惊动夜烽，可凉以凡竟然强行把伊雪熙拉入怀里，二话不说便开始攻击她的桃唇！

见状，伊雪熙大惊失色，在凉以凡怀里拼命挣扎，好不容易摆脱了，怒火中烧的凉以凡却向她发出凌厉的警告："你就拼命

挣扎吧，我今天就要在我哥面前彻底地证明你是我的女朋友！如果你敢大喊的话，我父母和你父亲都会进来了，让他们看到这个局面，你觉得会变成什么样呢？”

“以凡你怎么变得这么卑鄙啊？”伊雪熙忍不住脱口责骂，凉以凡却没有理会，继续疯狂地亲吻着伊雪熙，仿佛要把人吃掉一样。

看着心爱的人被侵犯，夜烽再也无法忍受，然后使出前所未有的力气，将这个像瘫痪了一样的身体撑起来，拼命爬到床下，举起拳头，用尽浑身力气捶打在凉以凡身上。

凉以凡愤然抬头，伊雪熙马上推开可怕的少年，含着泪水躲在夜烽背后。

看见这个讽刺的画面，凉以凡不禁笑了起来，像刀锋一样冰冷无情：“呵，哥，我看你的命还没到尽头啊，起码为了你心爱的雪熙还有力气打人！”

“以凡！你肯定是被南陌的魔纹控制了，快点清醒吧！不要钻牛角尖了！”

“我钻牛角尖？告诉你，我清醒得很！不就是一个女人嘛，你想要就拿走吧，为什么要拖拖拉拉的！你知道吗？我生气不是因为你成了我们的第三者，而是你装好人把雪熙让给我，我觉得自己好像捡了别人丢弃的烂货一样！”

“凉以凡！”夜烽一听，突然爆发的力量再次汹涌到手臂，让他狠狠地掴了凉以凡一巴掌。

凉以凡瞪了他们一眼，猛地拔腿，二话不说冲出房间，连门外父母的呼喊声也留不住他。

“我去追他！”伊雪熙担忧地提议道。

夜烽抱住伊雪熙的手臂：“不要，我怕他会伤害你。”

伊雪熙惊讶回头，她真想紧紧抱着夜烽，抛开世俗的一切！

4.

凉以凡在愤怒之下一走了之，再也没有回来过。

凉以凡的离开并不古怪，但奇怪的是，夜烽却突然好起来了，连玄邪也不知道到底是哪一种灵丹妙药令他起死回生，因为他吃过的药实在太多了。

身体恢复起来之后，夜烽第一时间便追问凉以凡的下落，可惜伊雪熙真的不清楚，她只知道凉以凡是被气走的。

伊雪熙守在门外，夜烽没有兜路，直接来到怪屋大门。

“雪熙，让我去找以凡吧！”夜烽看着伊雪熙，无法再像以前那样吐出冷漠的话语。

“他走了就不会再回来的。”

夜烽一时之间不知道该如何回答，因为如果凉以凡不喜欢的话，他真的不会回来了。

“我们都一直只在乎以凡的感受，但我们都没有在乎过对方的感受。”伊雪熙勇敢地凝视着夜烽，尽管视线已经模糊了。

这一次，夜烽终于有勇气去抚摸伊雪熙的脸颊，为她抹掉不停滑下来的泪水。

伊雪熙委屈的样子实在让人心软。少女用力握着那双大手，霸道地问道：“你说对我不只是责任，那还有什么？告诉我！”

夜烽无奈一笑，嘴角竟然挂着无法掩饰的甜蜜，温柔地脱口道：“还有喜欢。”

“既然喜欢为什么还要离开我？你知道要我去承认喜欢你有多难吗？还要我主动说这么多次！”伊雪熙猛地抱住夜烽，“浑蛋！夜烽你这浑蛋，讨厌死了！”

“我从来只听说你恨我，讨厌我，没有听过你说喜欢我哦！”

“到这时候你还要耍我？”伊雪熙气鼓鼓地抬头，狠狠瞪着

夜烽。

夜烽不禁展颜一笑，突然低头，吻住了伊雪熙的嘴唇：“怎样？这样行不行？”

“浑蛋！”伊雪熙狠狠捶打了夜烽的胸膛一下，“我不管，我要跟你一起去找以凡，我们要一起说服他！总之做什么都要在一起，你不许离开我半步！”

“哎呀，你跟小烟一样麻烦！”

“你怎么拿我跟她比了？难道我在你心里面只有那么一点儿地位吗？”

夜烽摸了摸疼痛的脑袋，笑道：“我为了你决定对不起自己的弟弟，难道这也算是一点儿地位吗？”

伊雪熙一听，兴奋得眉开眼笑，再次扑进夜烽的怀里。无论以后的路有多难行，起码这一刻她终于感受到夜烽无论如何也不会离开自己的决心。

凉以凡真的没有回来过，尽管二人拼命地寻找，心里越来越担忧，可是用尽所有方法都找不到，就像当初治疗夜烽的病一样困难。

不知道在什么时候，学校的中央竟然生长了一棵珙桐树，它的叶子并不是原来的白色，而是像血一样灿烂。

伊雪熙为了保住这棵看起来很不吉利的树，请求学校在珙桐树旁边种了一些有保护和衬托作用的花草。

从此，这棵珙桐树就成了世明高校的校树，一直守护着学校和坚贞的他们。

虽然南陌下落不明，但是他们没有发现人间与魔界的结界已经被那黑夜的力量撕裂了，第二个黑夜流沙已经淹没了纯吸血王族，逐渐蔓延到魔界里。群魔逃离，寻找新的栖息之地，而魔界四大吸血鬼王族的血花王族则选择了人间作为新的家园。